[redacted]

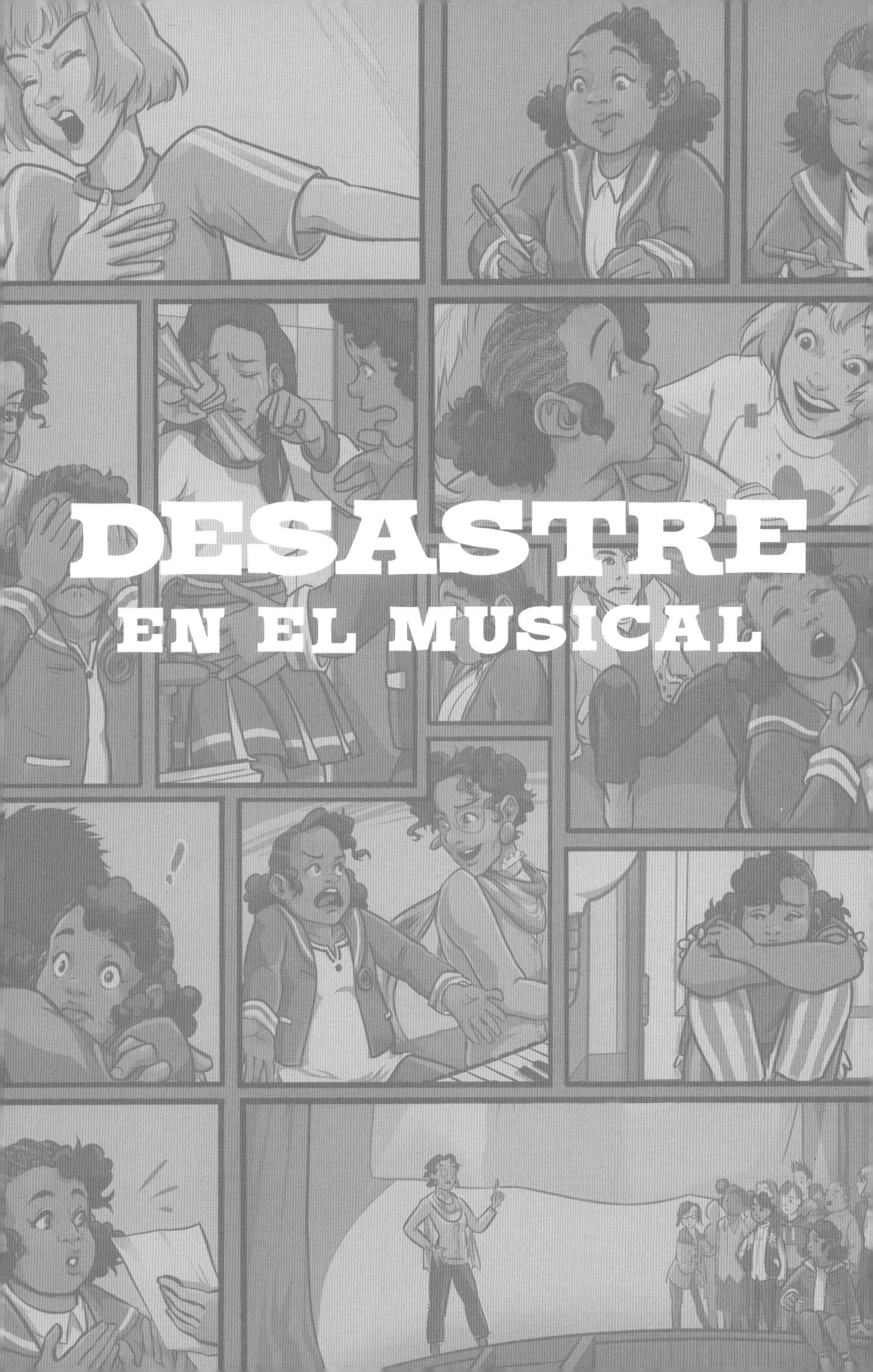

DESASTRE
EN EL MUSICAL

PUBLICA LA SERIE DRAMA EN LA SECUNDARIA,
STONE ARCH BOOKS,
UNA IMPRENTA DE CAPSTONE
1710 ROE CREST DRIVE
NORTH MANKATO, MINNESOTA 56003
WWW.MYCAPSTONE.COM

Resumen: Kamilla tiene una voz increíble, pero se niega a hacer las pruebas para el musical de la escuela. No le gusta su cuerpo y simplemente no soporta la idea de ser el centro de atención. Su madre la anima a ir a ver una doctora y ella le aconseja hacer ejercicio para sentirse mejor, tanto física como mentalmente. El nuevo hábito de Kamilla ¿la hará cambiar, o quedará atrapada entre bastidores para siempre?

Fragmentos de EL LIBRO DE LOS GATOS HABILIDOSOS DEL VIEJO POSSUM de T.S. Eliot. Derechos de autor © 1939 T.S. Eliot, renovados en 1977 Esme Valerie Eliot. Reimpreso con permiso de Houghton Miffin Harcourt Publishing Company. Todos los derechos reservados.

Extracto tomado de MEMORY, derechos de autor de Andrew Lloyd Weber, Tim Rice, T.S. Eliot. Primera aparición en EL LIBRO DE LOS GATOS HABILIDOSOS DEL VIEJO POSSUM. Reproducida con permiso de Faber & Faber Ltd.

LOS DATOS DE CIP (CATALOGACIÓN PREVIA A LA PUBLICACIÓN, CIP) DE LA BIBLIOTECA DEL CONGRESO SE ENCUENTRAN DISPONIBLES EN EL SITIO WEB DE LA BIBLIOTECA.
ISBN: 978-1-4965-9163-0 (LIBRARY BINDING) ISBN: 978-1-4965-9318-4 (PAPERBACK)
ISBN: 978-1-4965-9167-8 (EBOOK PDF)

DISEÑADORA: ASHLEE SUKER
DIRECTOR CREATIVO: NATHAN GASSMAN
TRANSLATED INTO THE SPANISH LANGUAGE
BY APARICIO PUBLISHING

Printed and bound in China.
2489

DRAMA EN LA SECUNDARIA

DESASTRE
EN EL MUSICAL

de Jessica Gunderson   ilustrado por Sumin Cho

STONE ARCH BOOKS
a capstone imprint

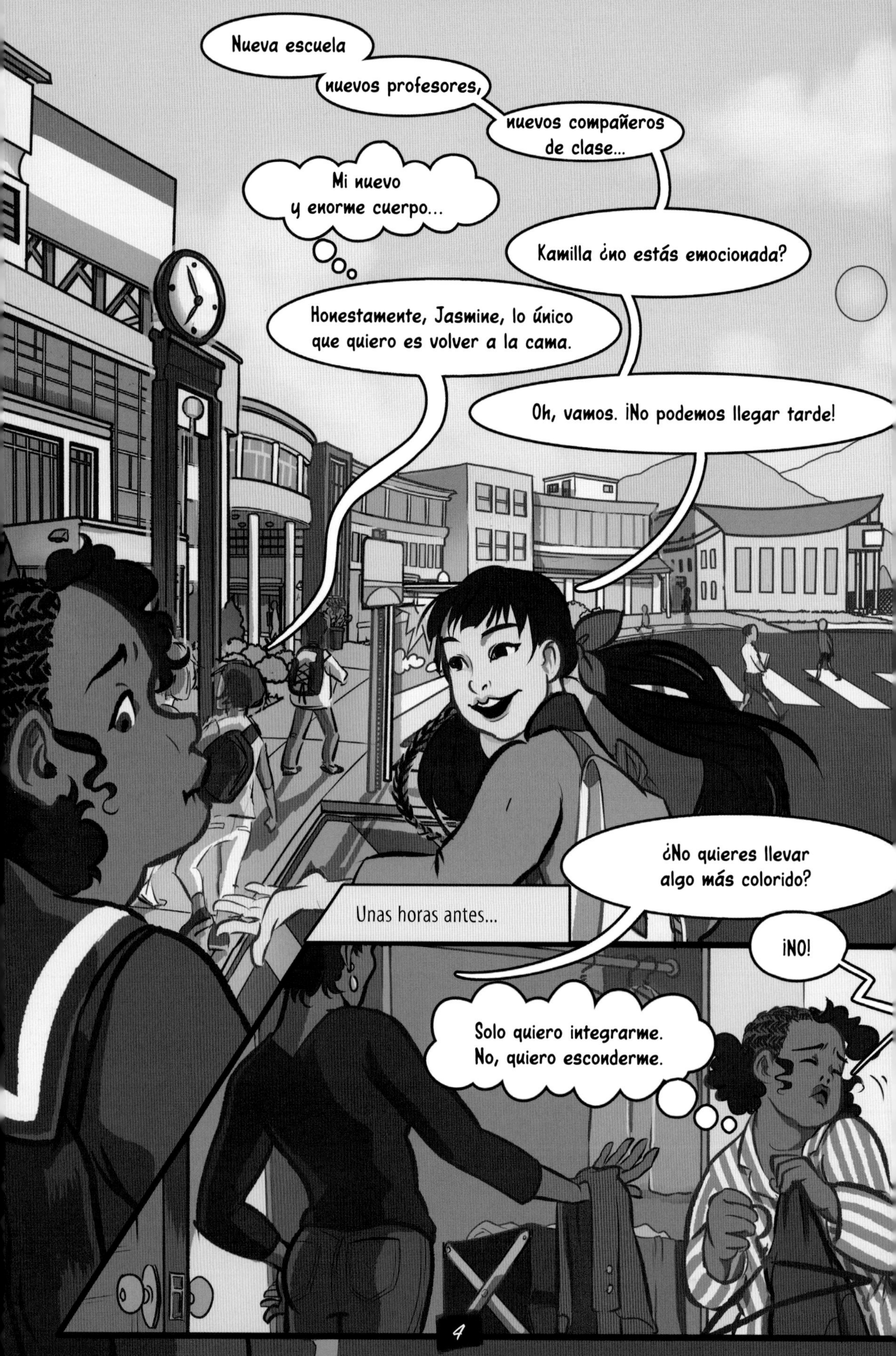

Nueva escuela
nuevos profesores,
nuevos compañeros de clase...
Mi nuevo y enorme cuerpo...
Kamilla ¿no estás emocionada?
Honestamente, Jasmine, lo único que quiero es volver a la cama.
Oh, vamos. ¡No podemos llegar tarde!
¿No quieres llevar algo más colorido?
Unas horas antes...
¡NO!
Solo quiero integrarme. No, quiero esconderme.

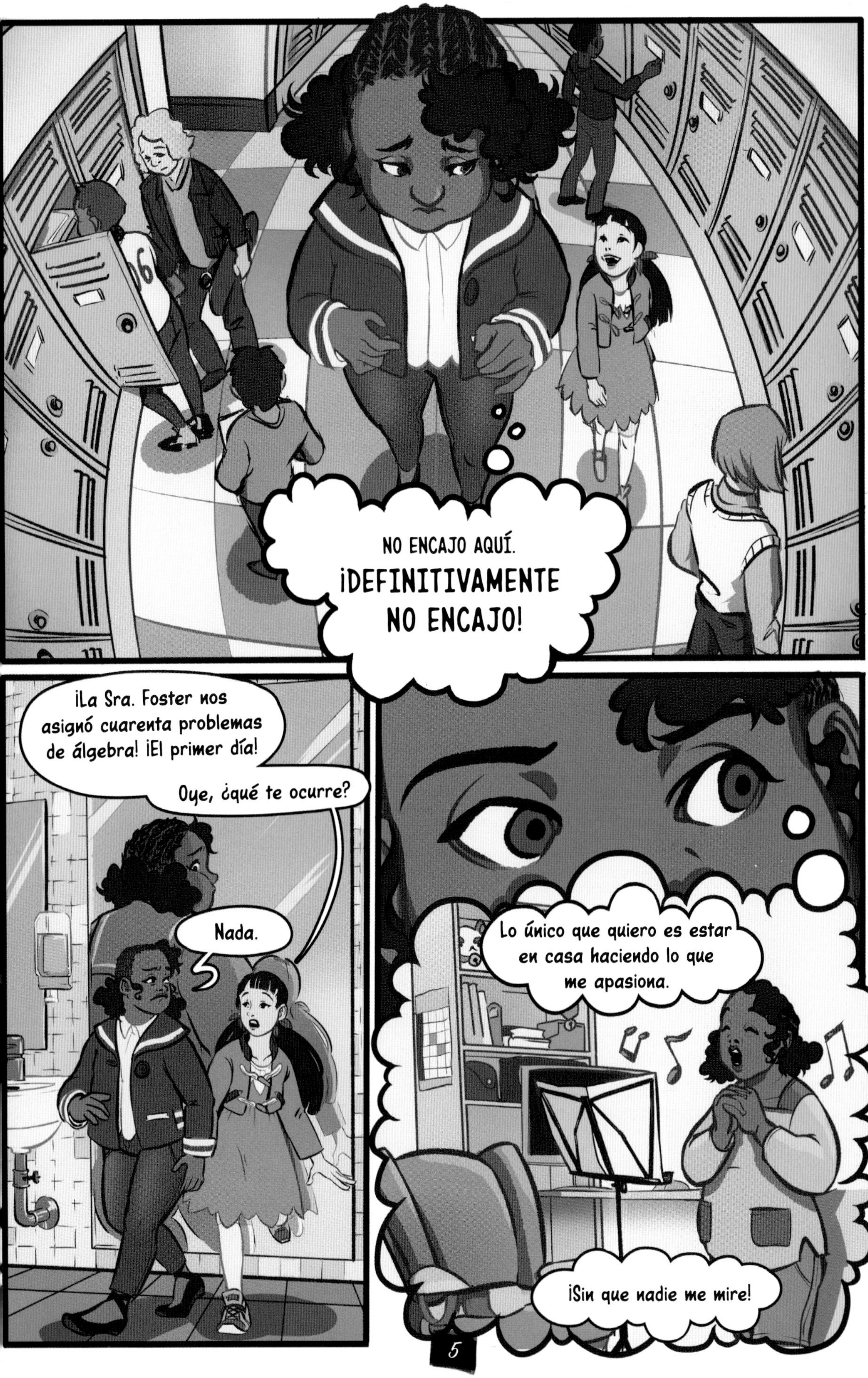

NO ENCAJO AQUÍ.
¡DEFINITIVAMENTE NO ENCAJO!
¡La Sra. Foster nos asignó cuarenta problemas de álgebra! ¡El primer día!
Oye, ¿qué te ocurre?
Nada.
Lo único que quiero es estar en casa haciendo lo que me apasiona.
¡Sin que nadie me mire!

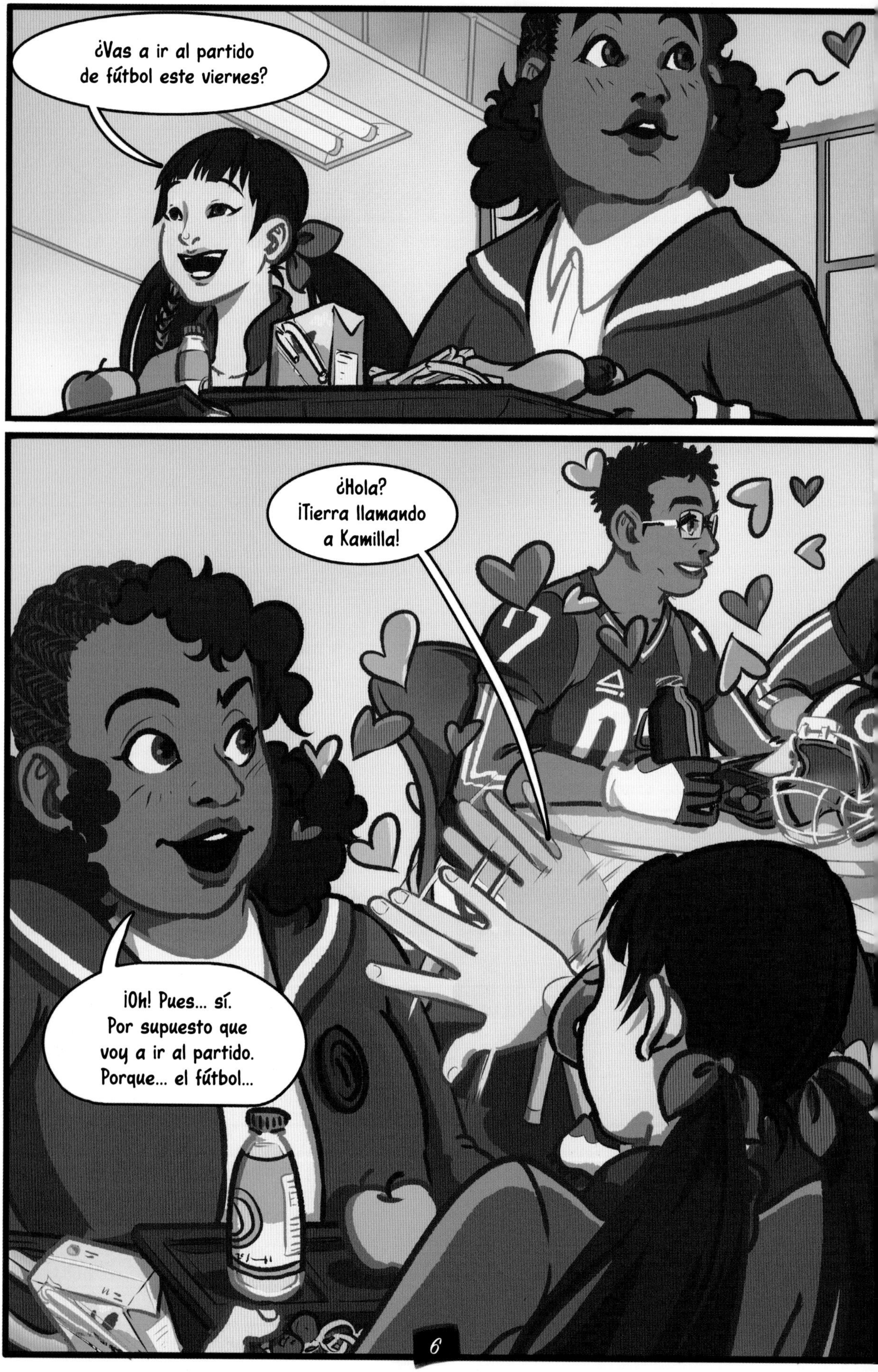
¿Vas a ir al partido de fútbol este viernes?
¿Hola? ¡Tierra llamando a Kamilla!
¡Oh! Pues... sí. Por supuesto que voy a ir al partido. Porque... el fútbol...

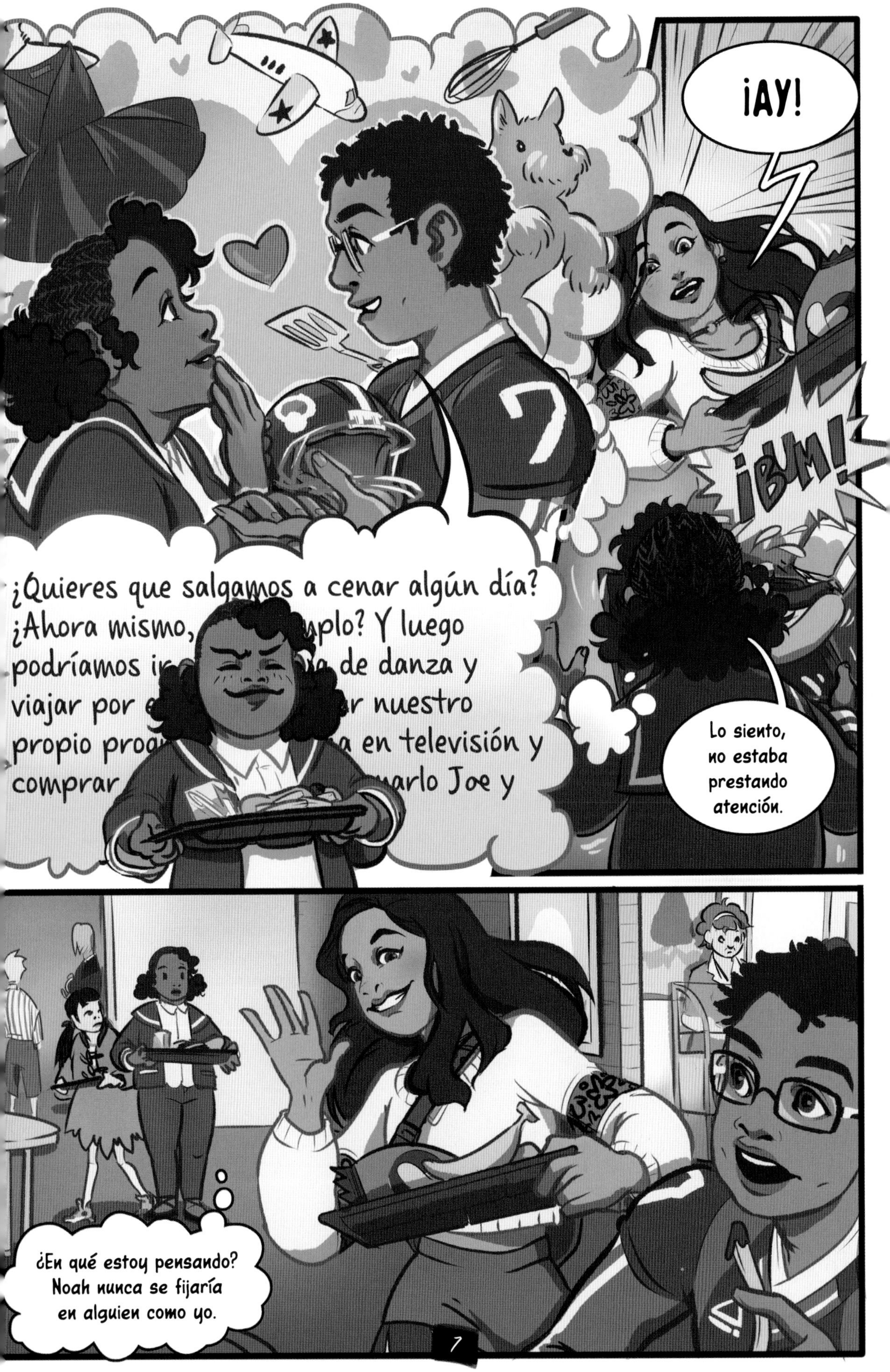

¡AY!
¿Quieres que salgamos a cenar algún día? ¿Ahora mismo, plo? Y luego podríamos i de danza y viajar por e r nuestro propio prog a en televisión y comprar arlo Joe y
¡BUM!
Lo siento, no estaba prestando atención.
¿En qué estoy pensando? Noah nunca se fijaría en alguien como yo.

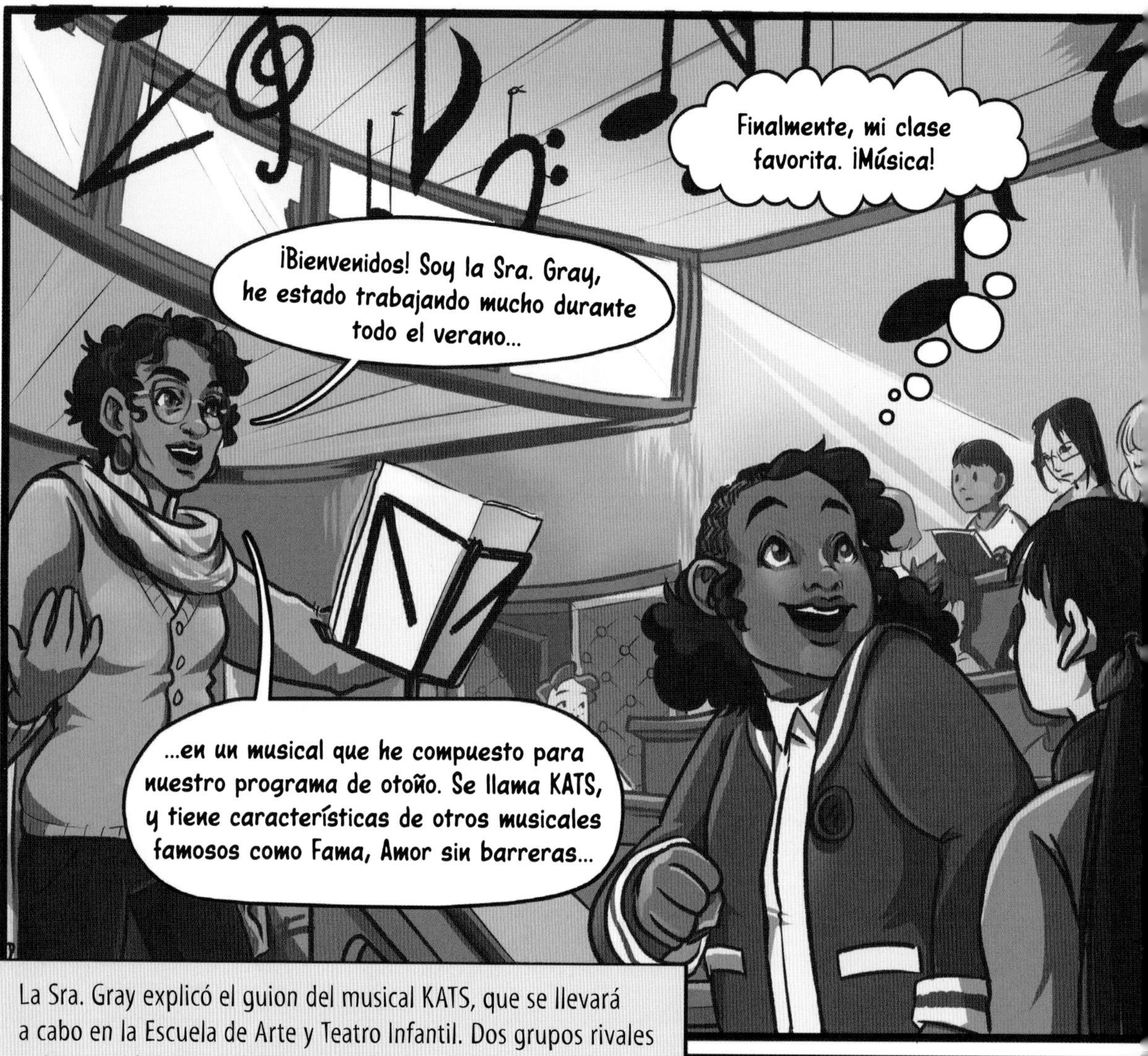
¡Bienvenidos! Soy la Sra. Gray, he estado trabajando mucho durante todo el verano...
Finalmente, mi clase favorita. ¡Música!
...en un musical que he compuesto para nuestro programa de otoño. Se llama KATS, y tiene características de otros musicales famosos como Fama, Amor sin barreras...

La Sra. Gray explicó el guion del musical KATS, que se llevará a cabo en la Escuela de Arte y Teatro Infantil. Dos grupos rivales quieren ser los amos de la escuela: los artistas y los actores.

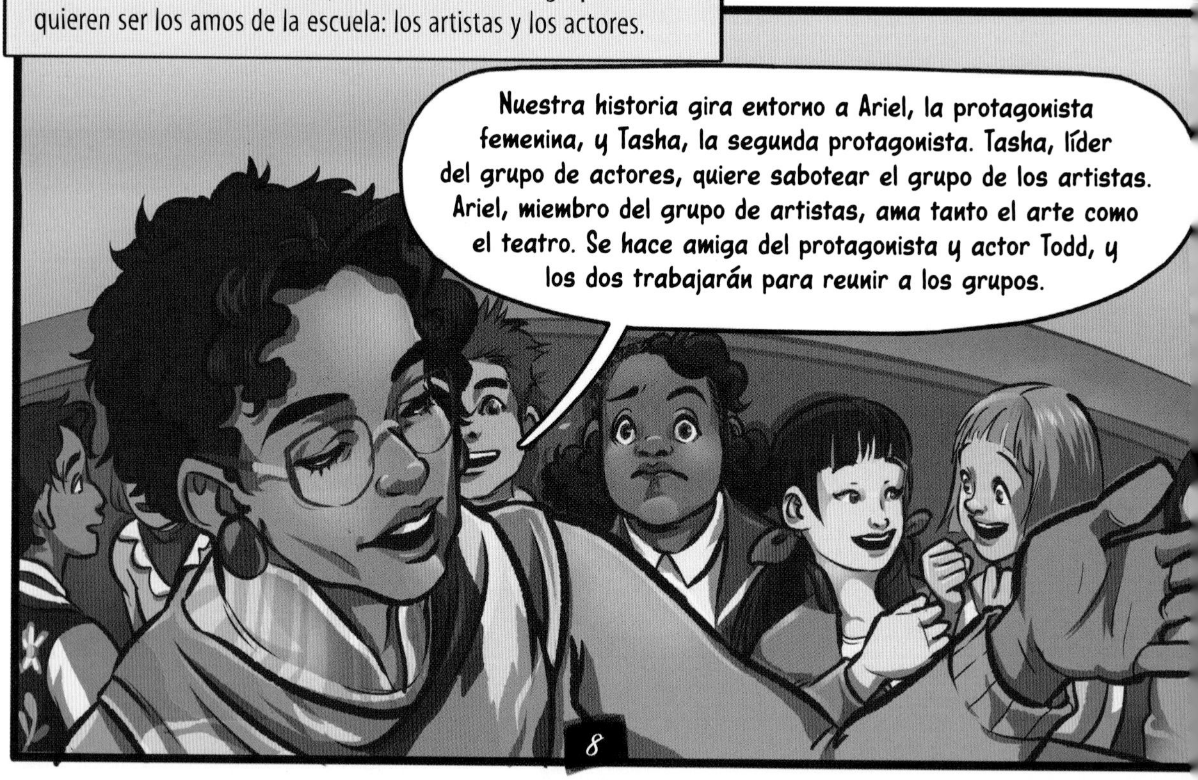
Nuestra historia gira entorno a Ariel, la protagonista femenina, y Tasha, la segunda protagonista. Tasha, líder del grupo de actores, quiere sabotear el grupo de los artistas. Ariel, miembro del grupo de artistas, ama tanto el arte como el teatro. Se hace amiga del protagonista y actor Todd, y los dos trabajarán para reunir a los grupos.

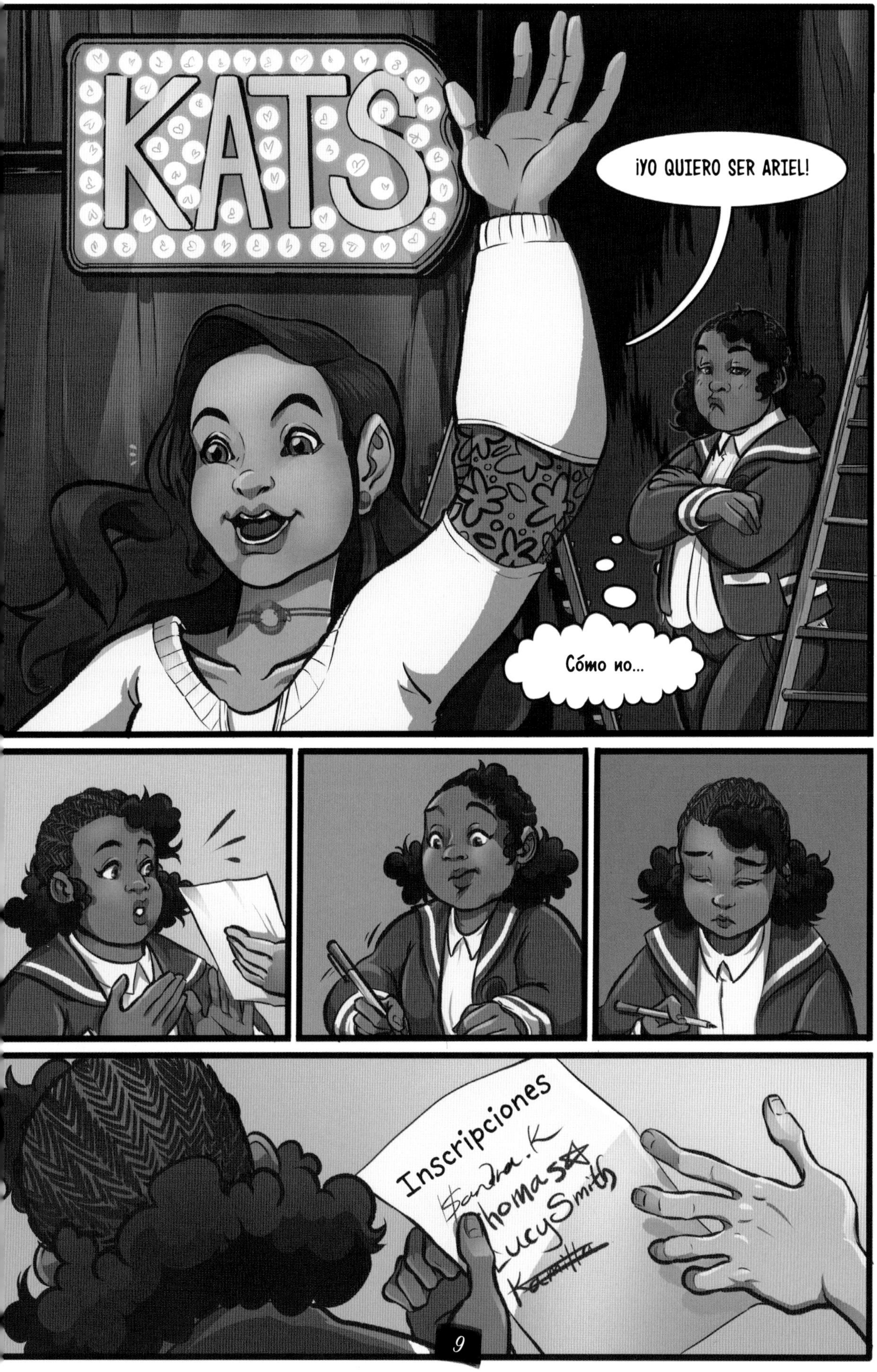
KATS
¡YO QUIERO SER ARIEL!
Cómo no...
Inscripciones
Sandra.K
Thomas
LucySmith

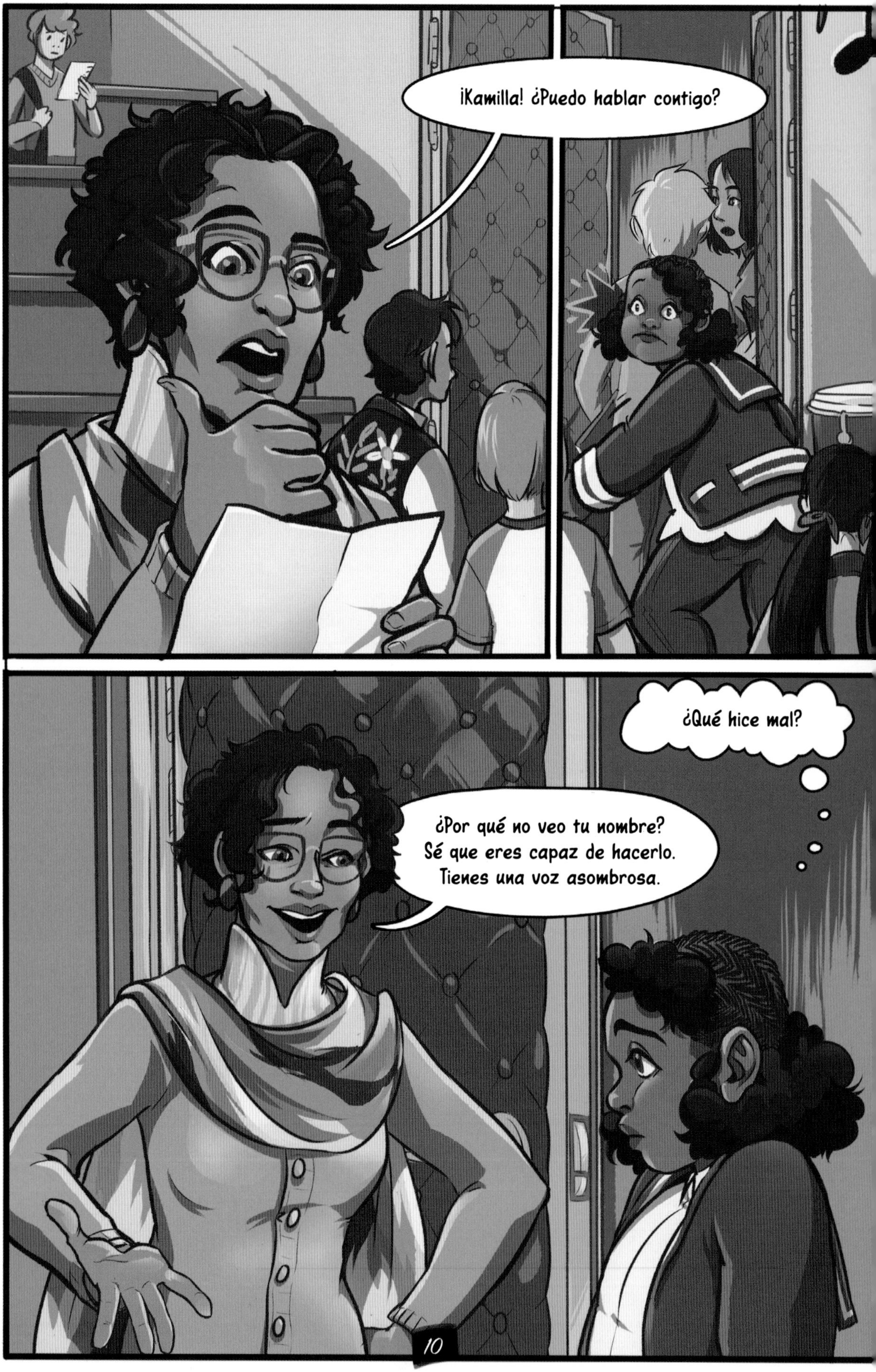
¡Kamilla! ¿Puedo hablar contigo?
¿Qué hice mal?
¿Por qué no veo tu nombre? Sé que eres capaz de hacerlo. Tienes una voz asombrosa.

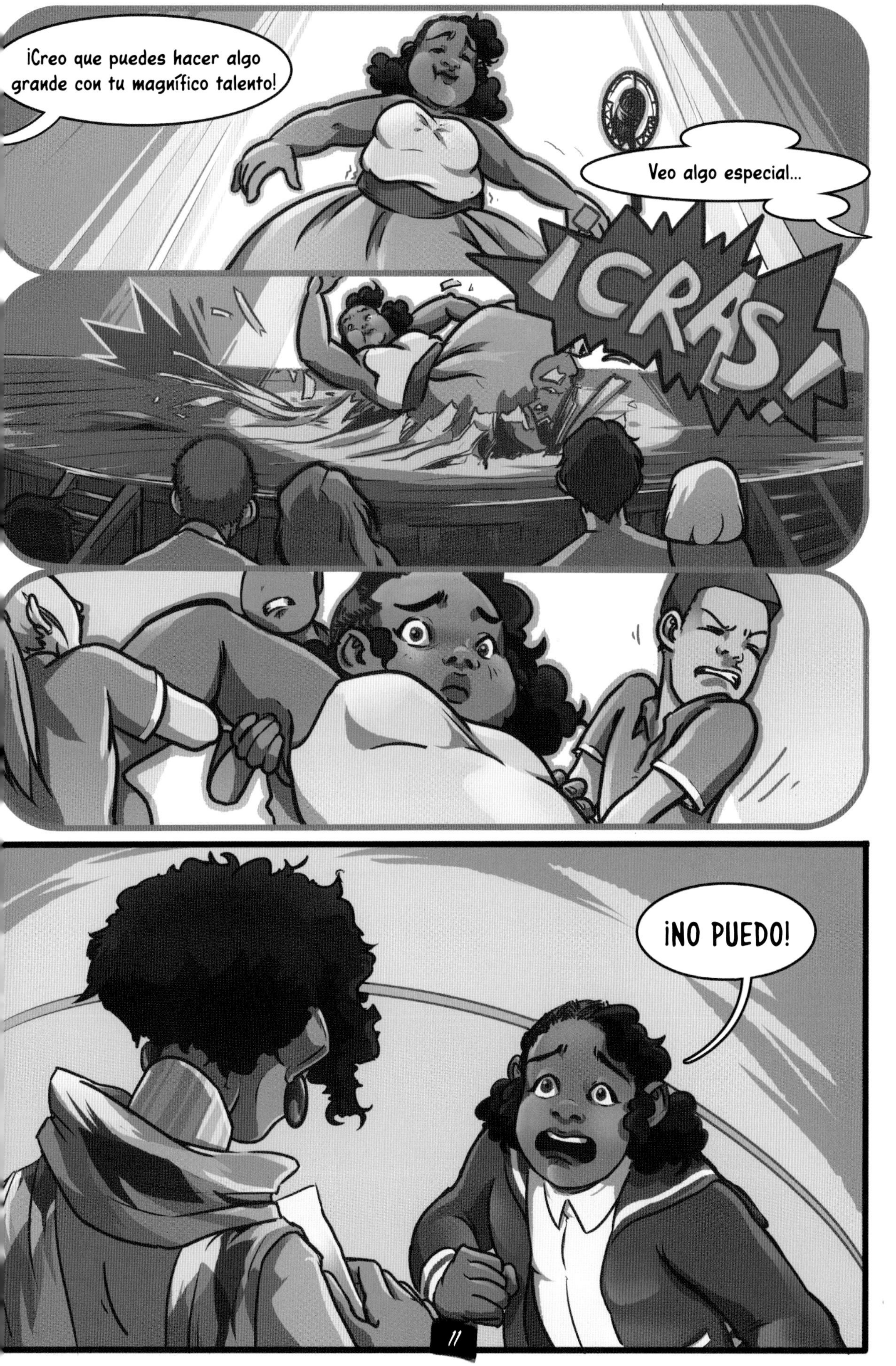
¡Creo que puedes hacer algo grande con tu magnífico talento!
Veo algo especial...
¡CRAS!
¡NO PUEDO!

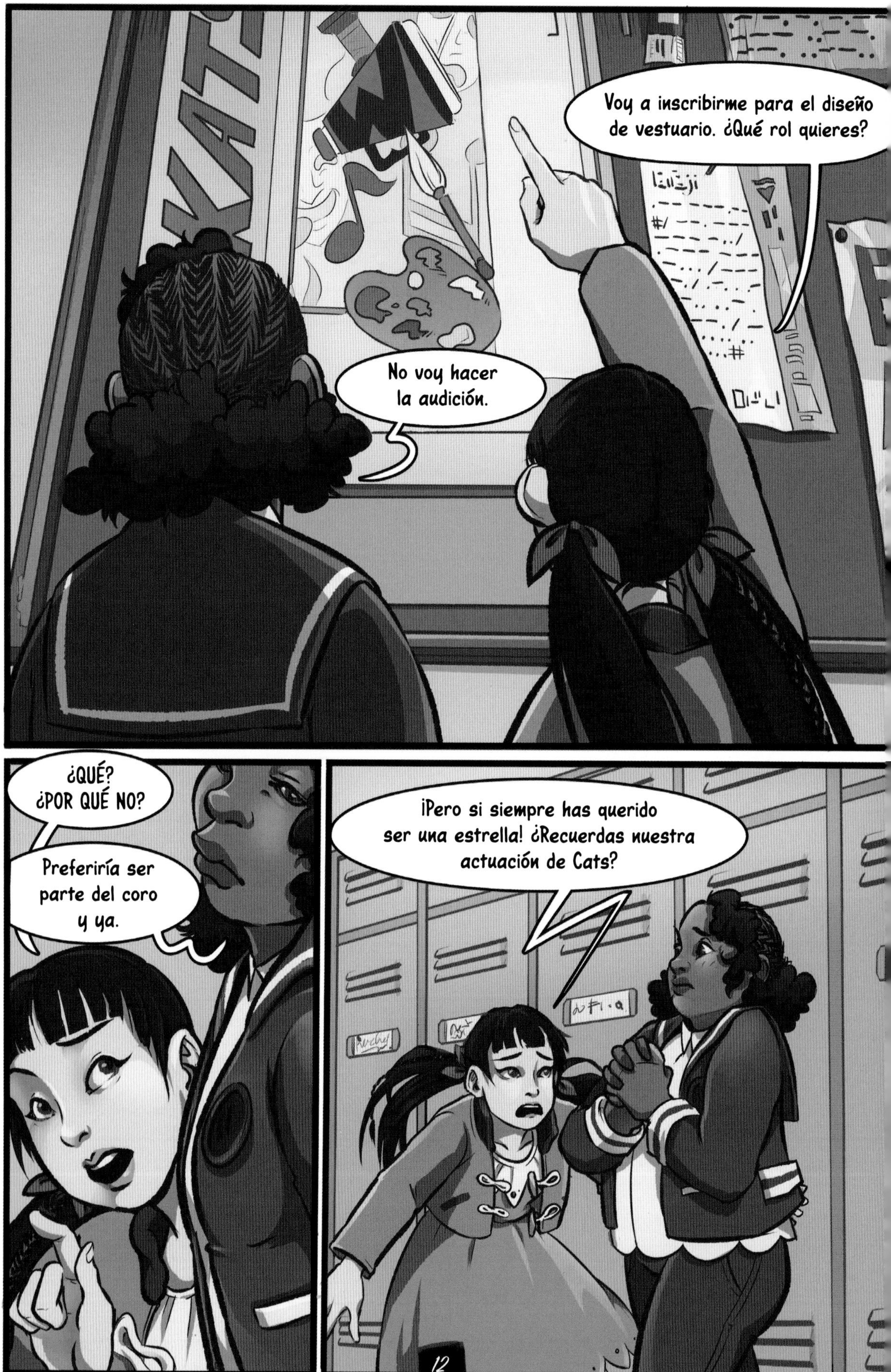
Voy a inscribirme para el diseño de vestuario. ¿Qué rol quieres?
No voy hacer la audición.
¿QUÉ? ¿POR QUÉ NO?
Preferiría ser parte del coro y ya.
¡Pero si siempre has querido ser una estrella! ¿Recuerdas nuestra actuación de Cats?

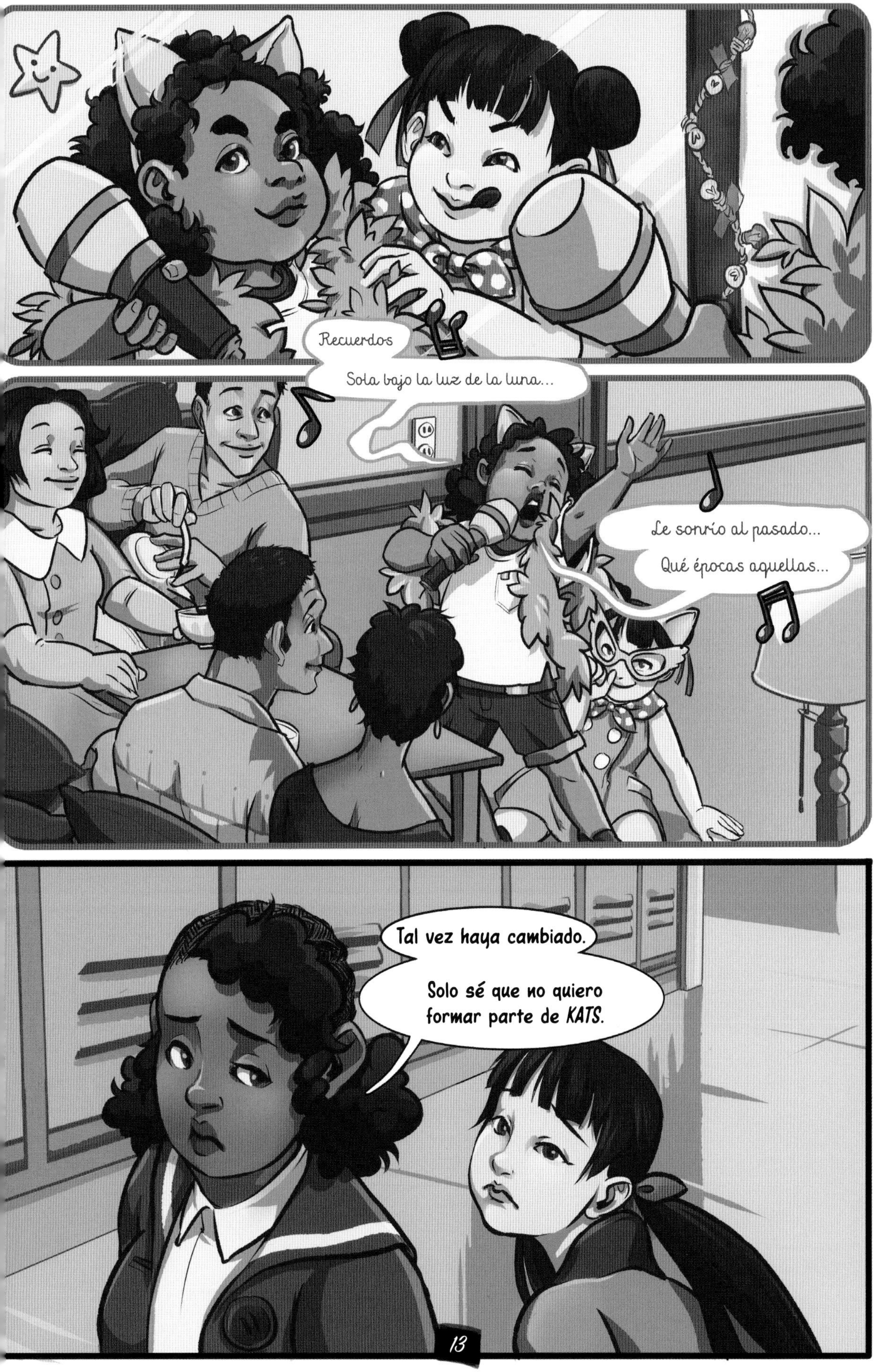
Recuerdos
Sola bajo la luz de la luna...
Le sonrío al pasado...
Qué épocas aquellas...
Tal vez haya cambiado.
Solo sé que no quiero formar parte de KATS.

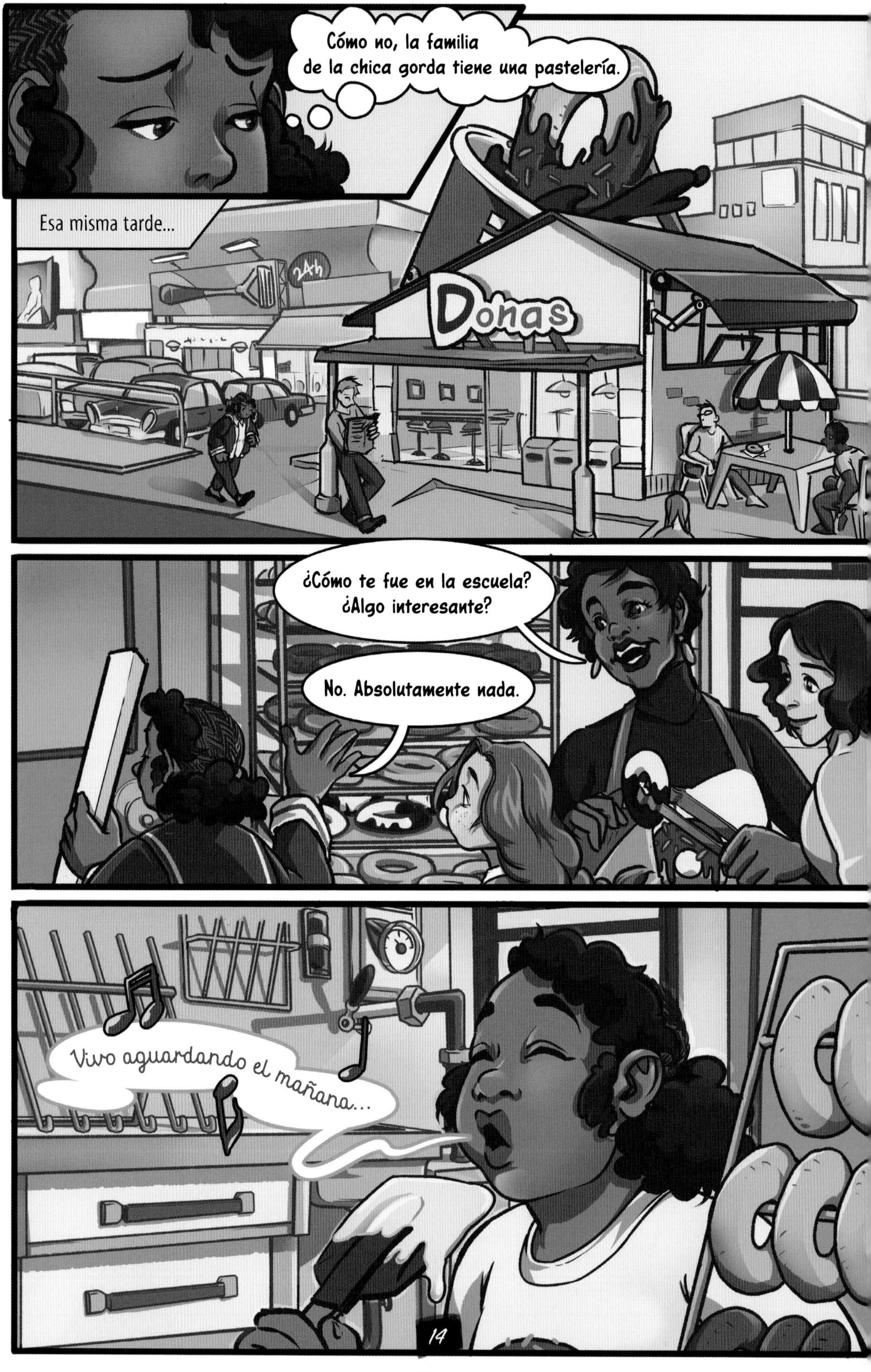
Cómo no, la familia de la chica gorda tiene una pastelería.
Esa misma tarde...
Donas
24h
¿Cómo te fue en la escuela? ¿Algo interesante?
No. Absolutamente nada.
Vivo aguardando el mañana...

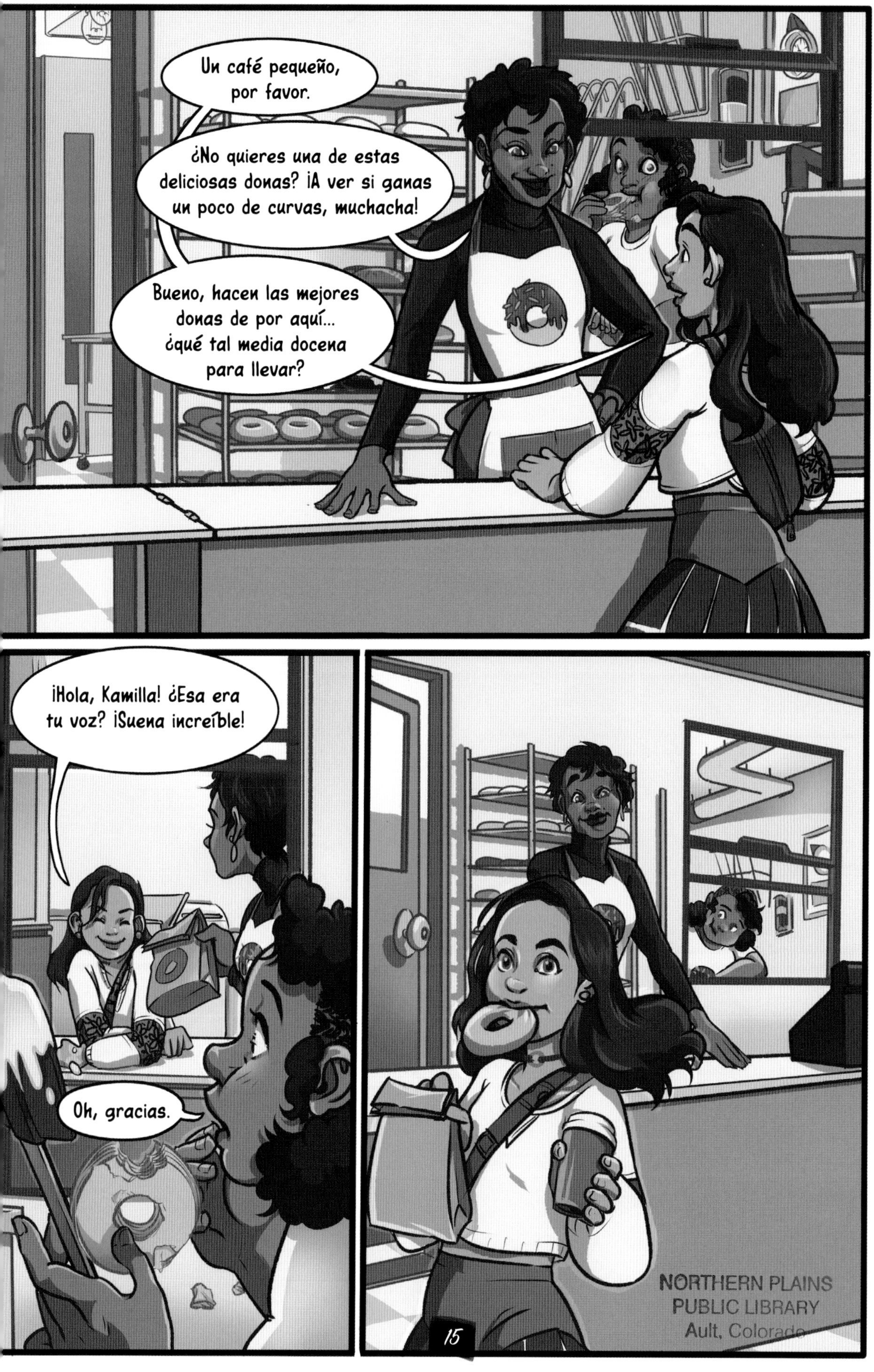
Un café pequeño, por favor.
¿No quieres una de estas deliciosas donas? ¡A ver si ganas un poco de curvas, muchacha!
Bueno, hacen las mejores donas de por aquí... ¿qué tal media docena para llevar?
¡Hola, Kamilla! ¿Esa era tu voz? ¡Suena increíble!
Oh, gracias.

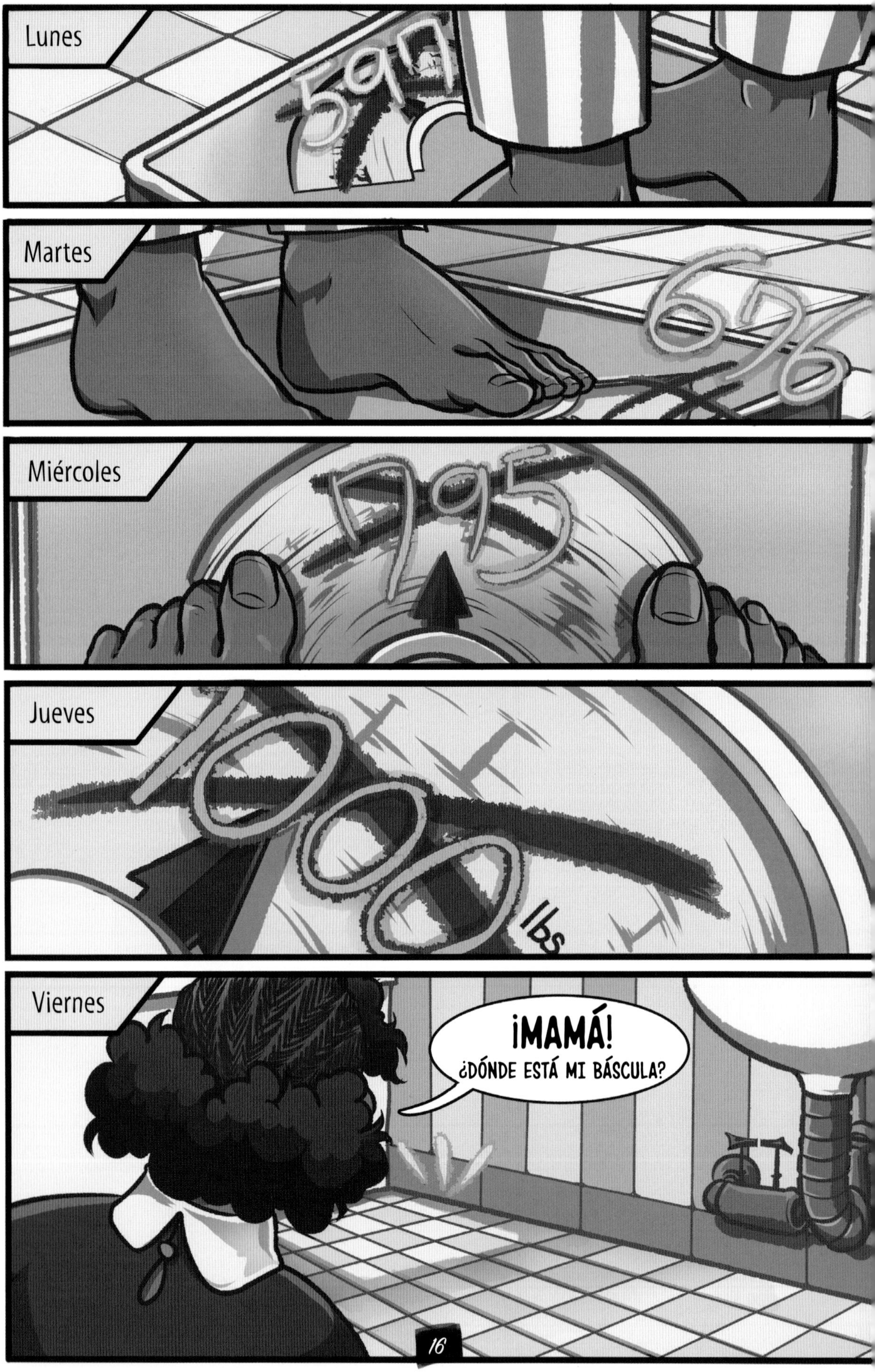
Lunes
597
Martes
696
Miércoles
795
Jueves
1000 lbs
Viernes
¡MAMÁ!
¿DÓNDE ESTÁ MI BÁSCULA?

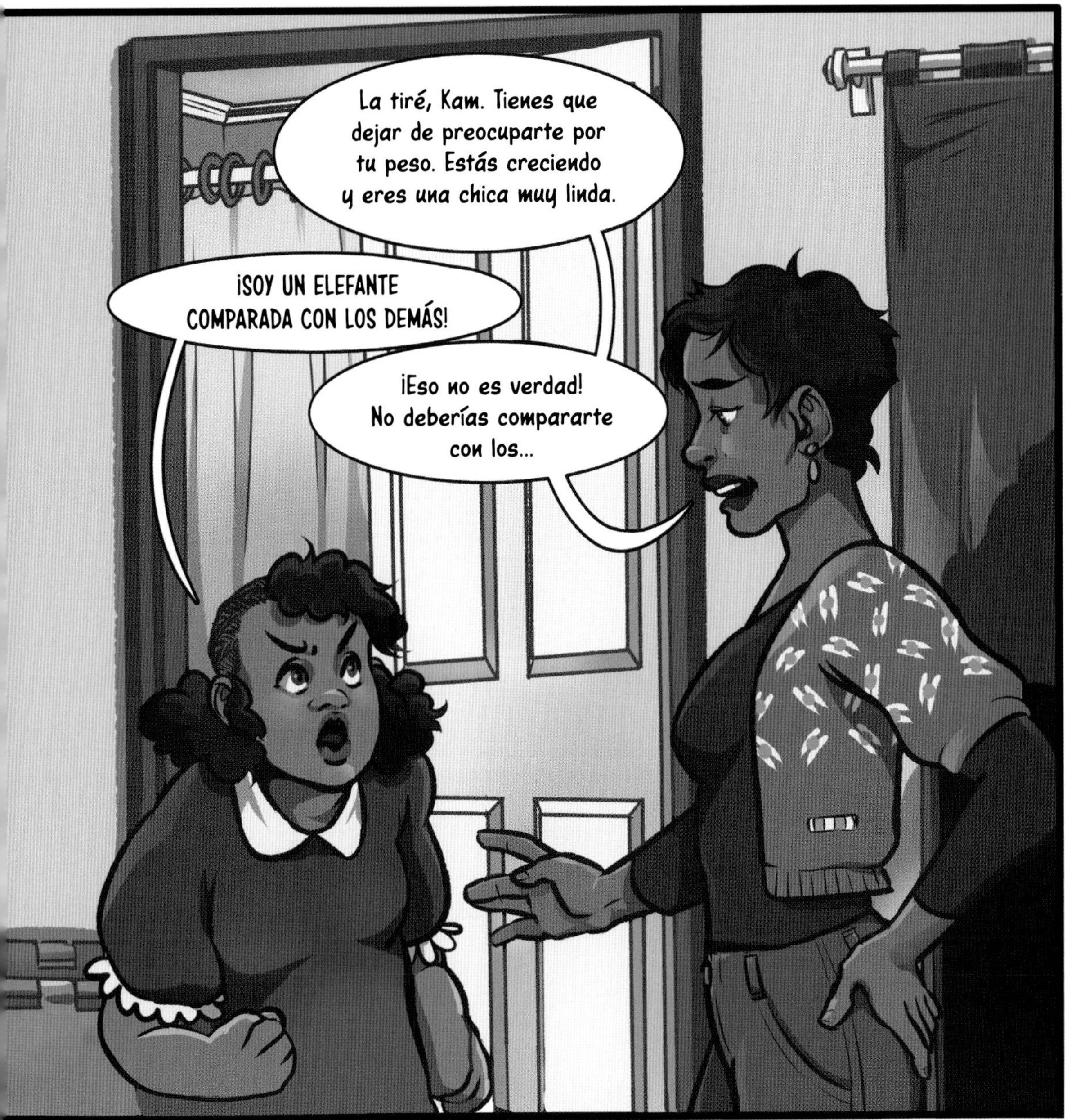
La tiré, Kam. Tienes que dejar de preocuparte por tu peso. Estás creciendo y eres una chica muy linda.
¡SOY UN ELEFANTE COMPARADA CON LOS DEMÁS!
¡Eso no es verdad! No deberías compararte con los...

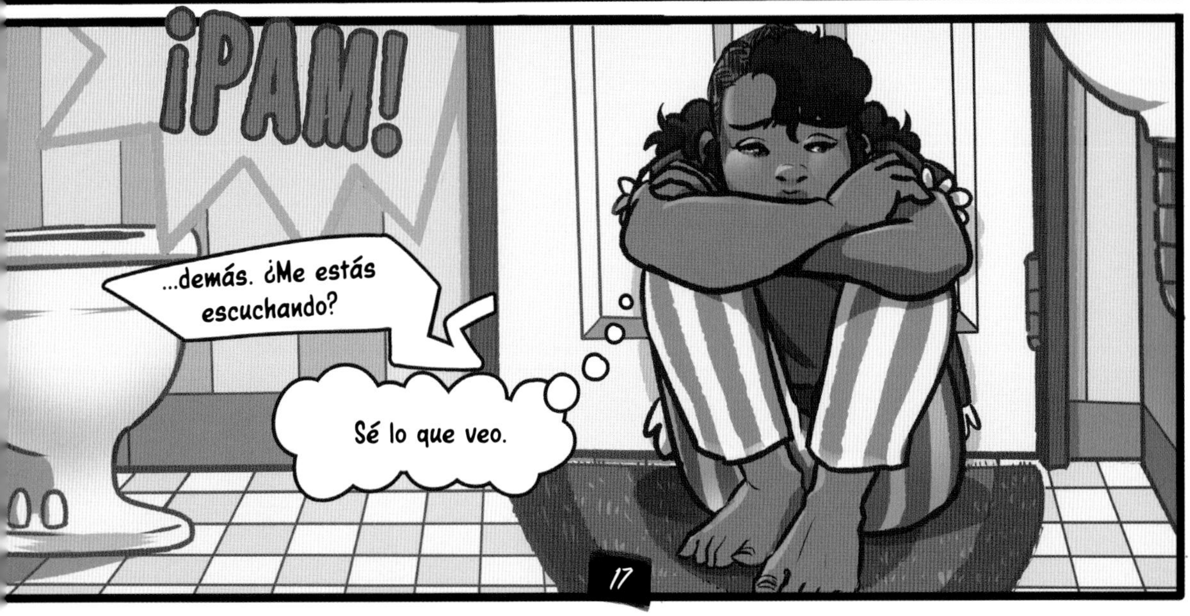
¡PAM!
...demás. ¿Me estás escuchando?
Sé lo que veo.

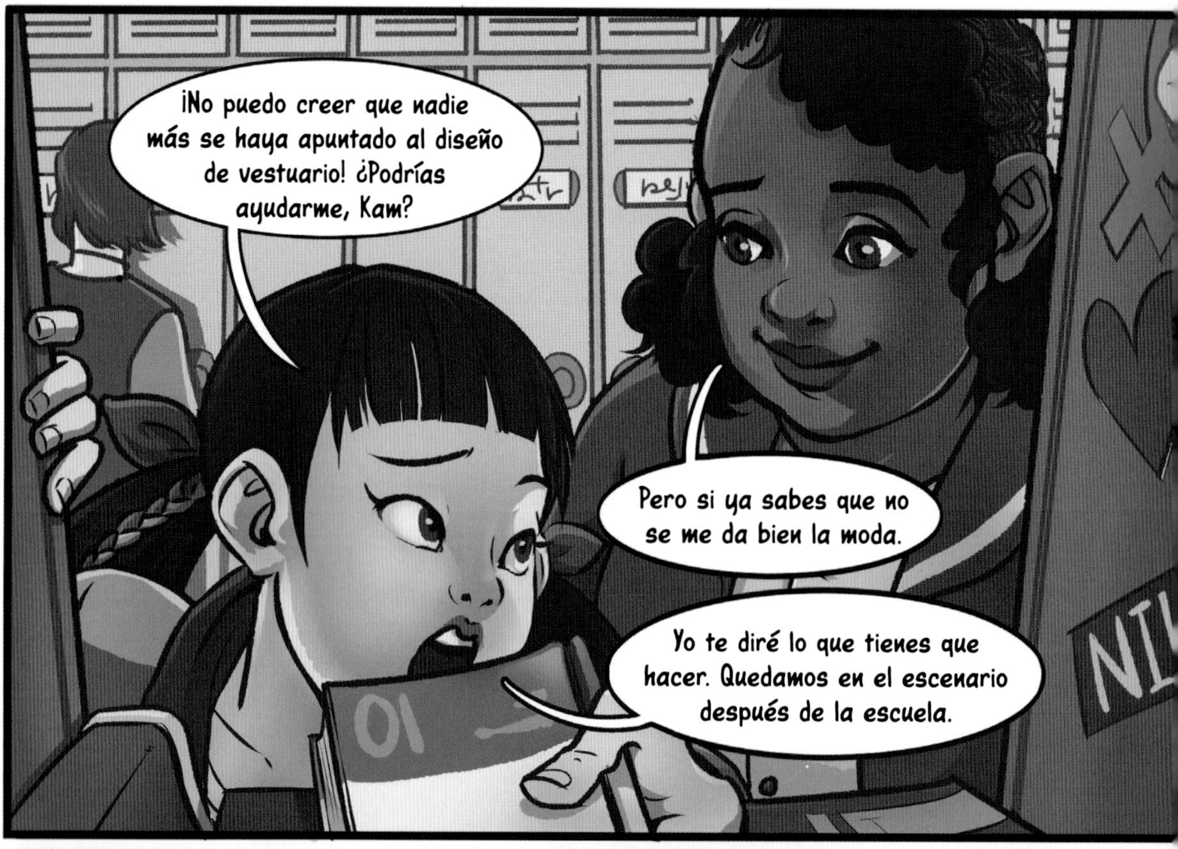
¡No puedo creer que nadie más se haya apuntado al diseño de vestuario! ¿Podrías ayudarme, Kam?
Pero si ya sabes que no se me da bien la moda.
Yo te diré lo que tienes que hacer. Quedamos en el escenario después de la escuela.

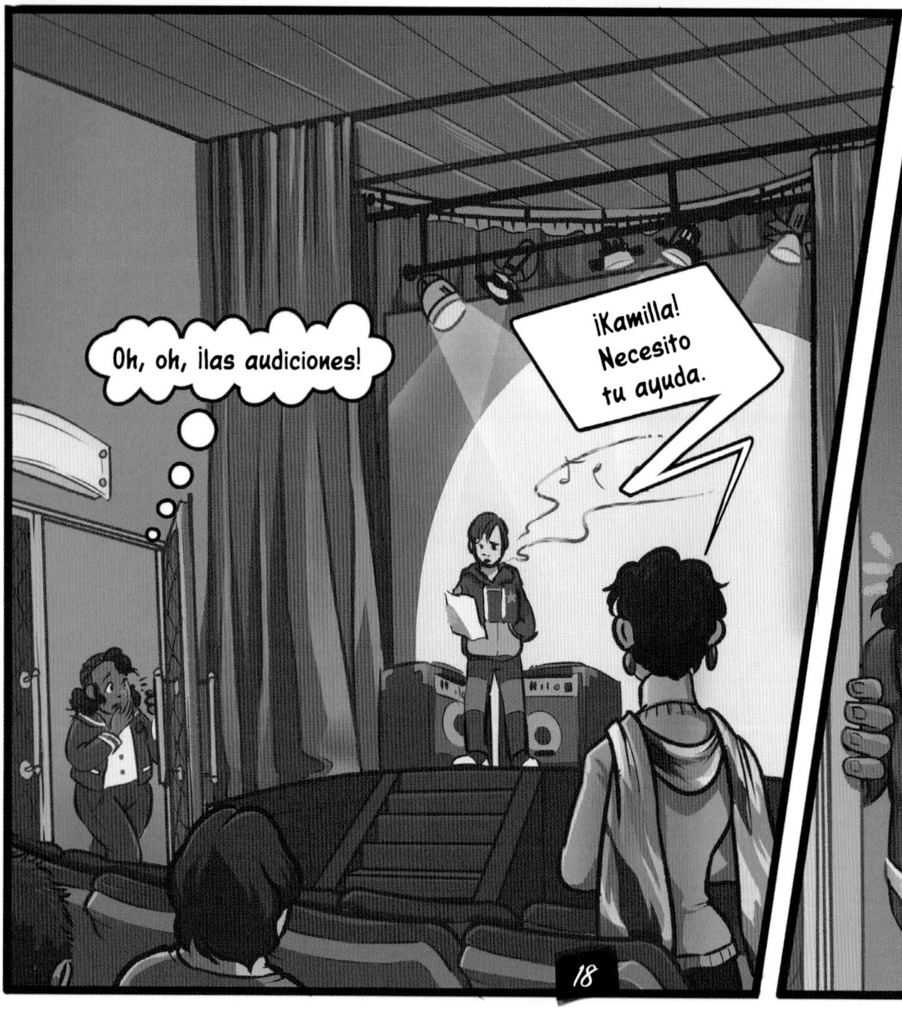
Oh, oh, ¡las audiciones!
¡Kamilla! Necesito tu ayuda.

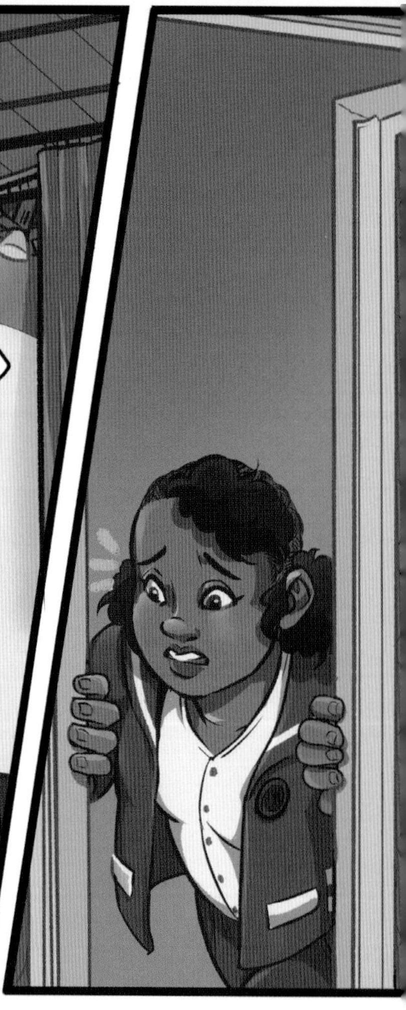

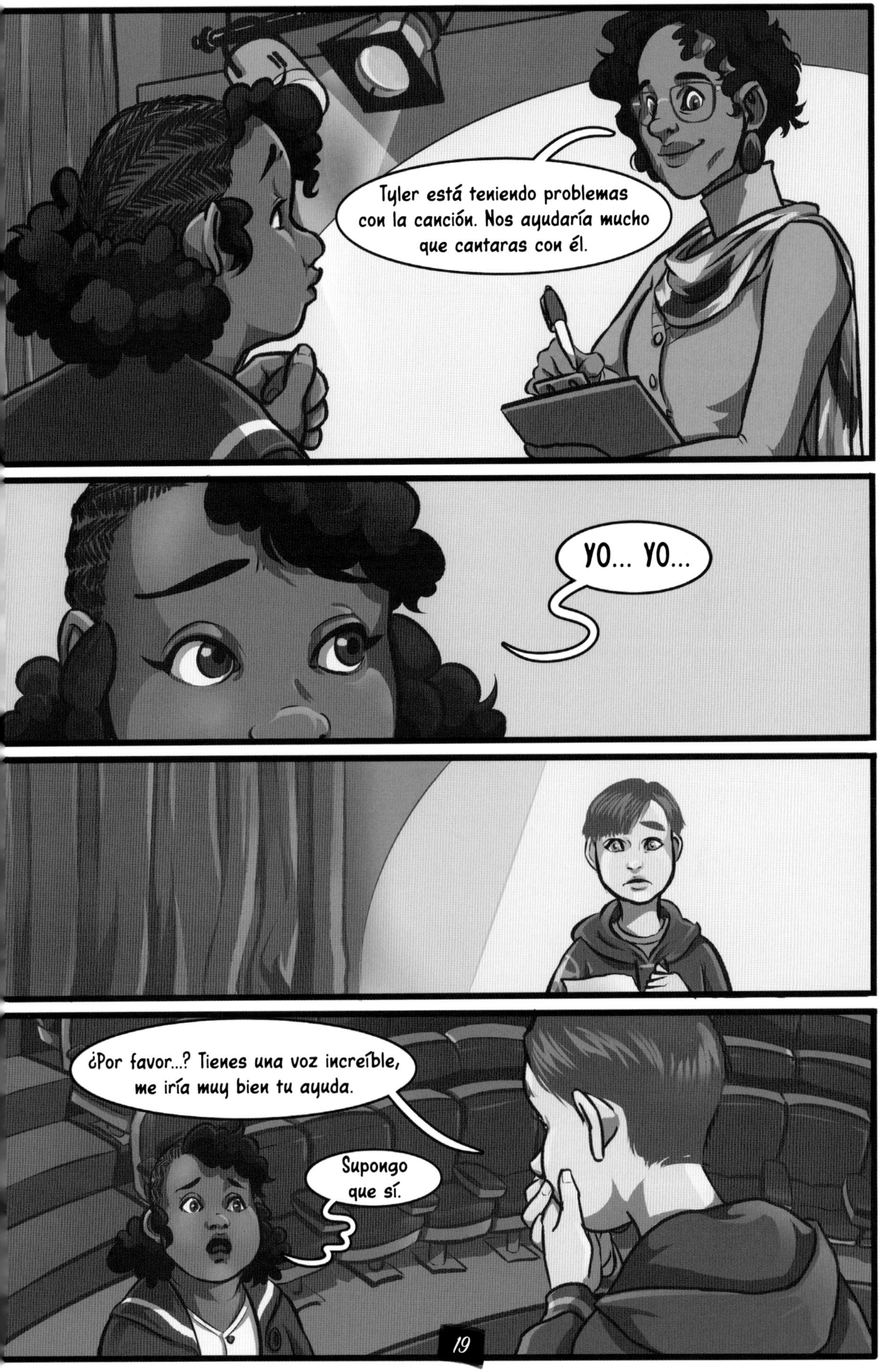
Tyler está teniendo problemas con la canción. Nos ayudaría mucho que cantaras con él.
YO... YO...
¿Por favor...? Tienes una voz increíble, me iría muy bien tu ayuda.
Supongo que sí.

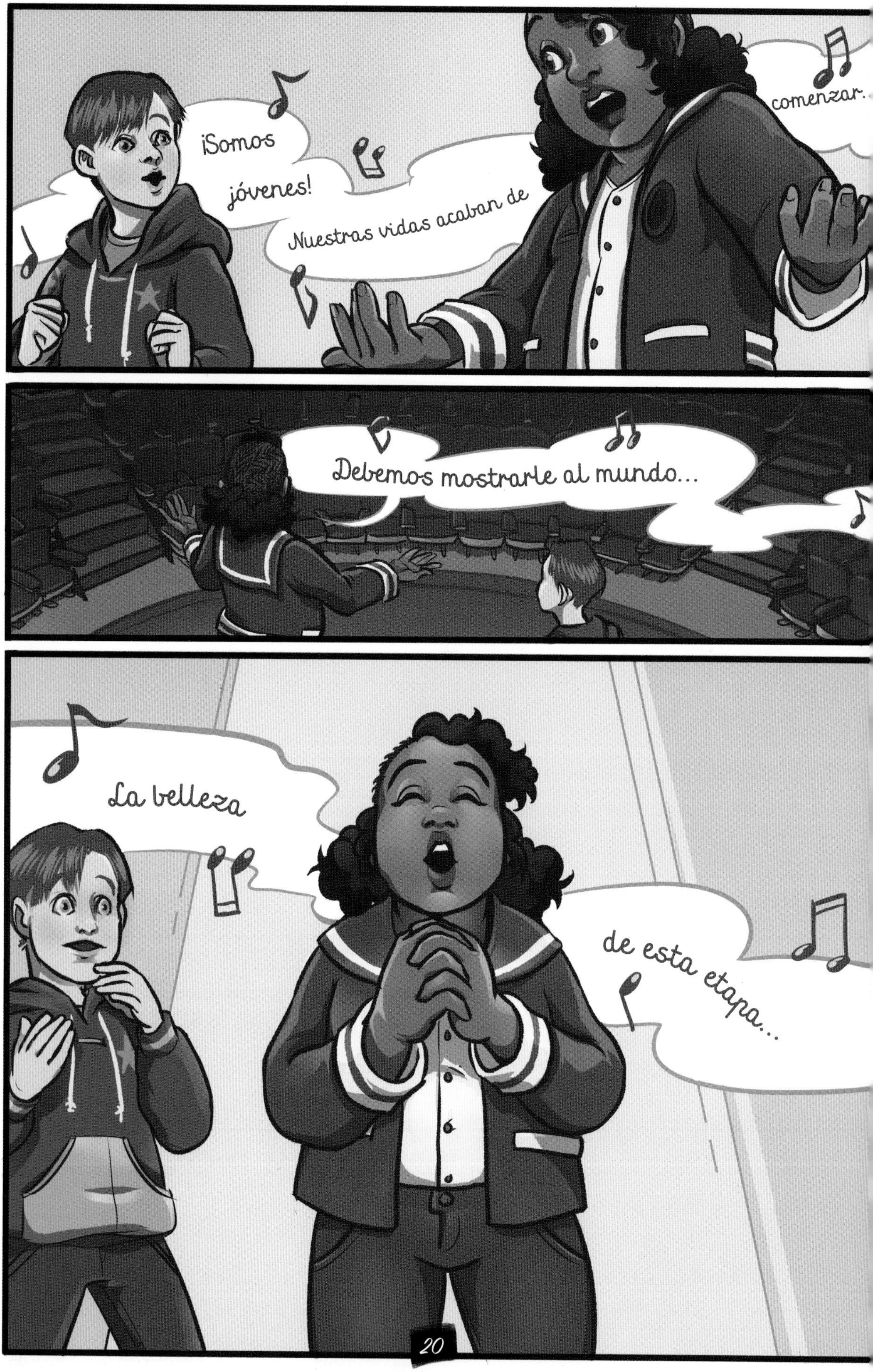
¡Somos jóvenes!
Nuestras vidas acaban de comenzar.
Debemos mostrarle al mundo...
La belleza
de esta etapa...

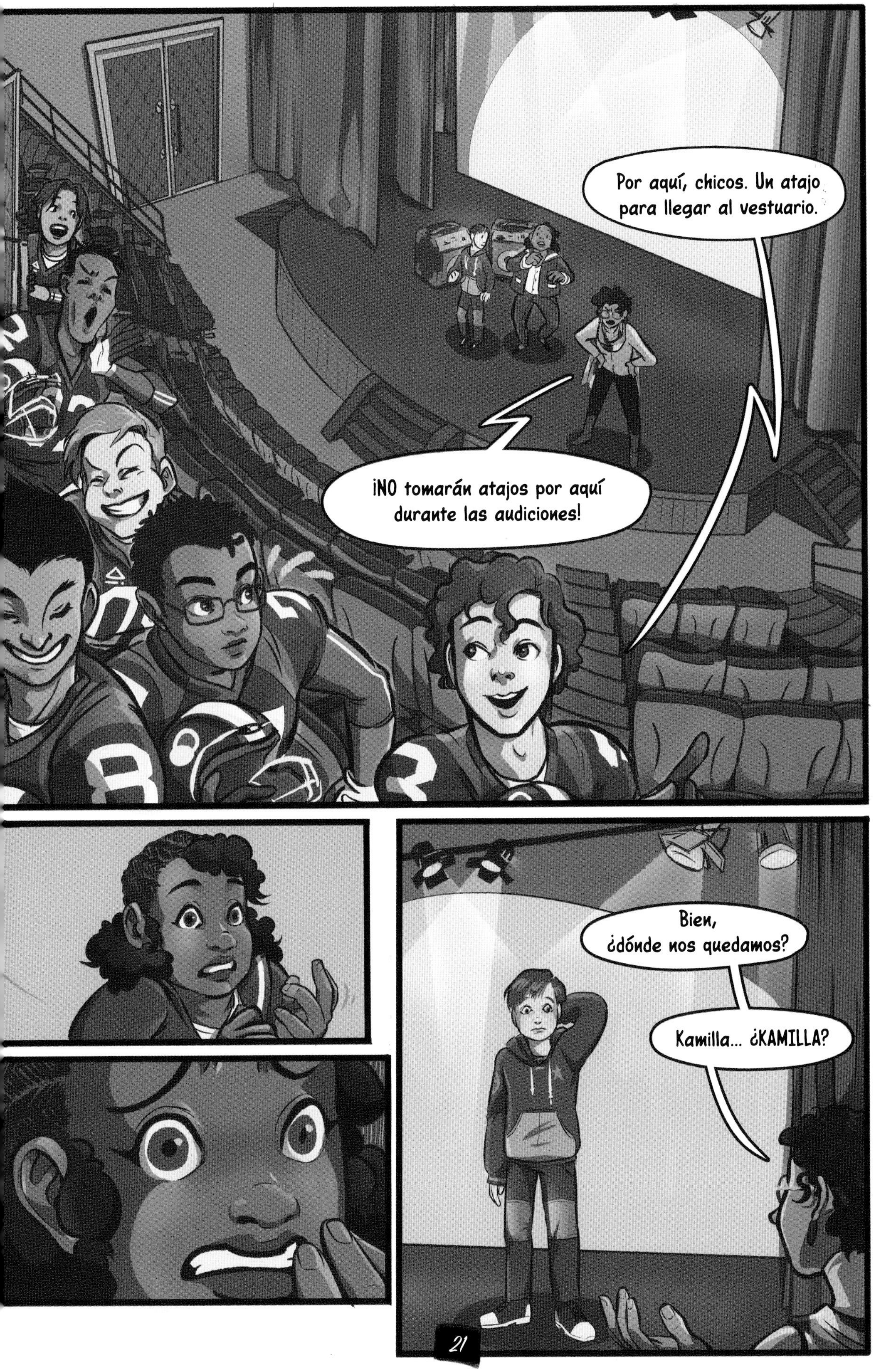
Por aquí, chicos. Un atajo para llegar al vestuario.
¡NO tomarán atajos por aquí durante las audiciones!
Bien, ¿dónde nos quedamos?
Kamilla... ¿KAMILLA?

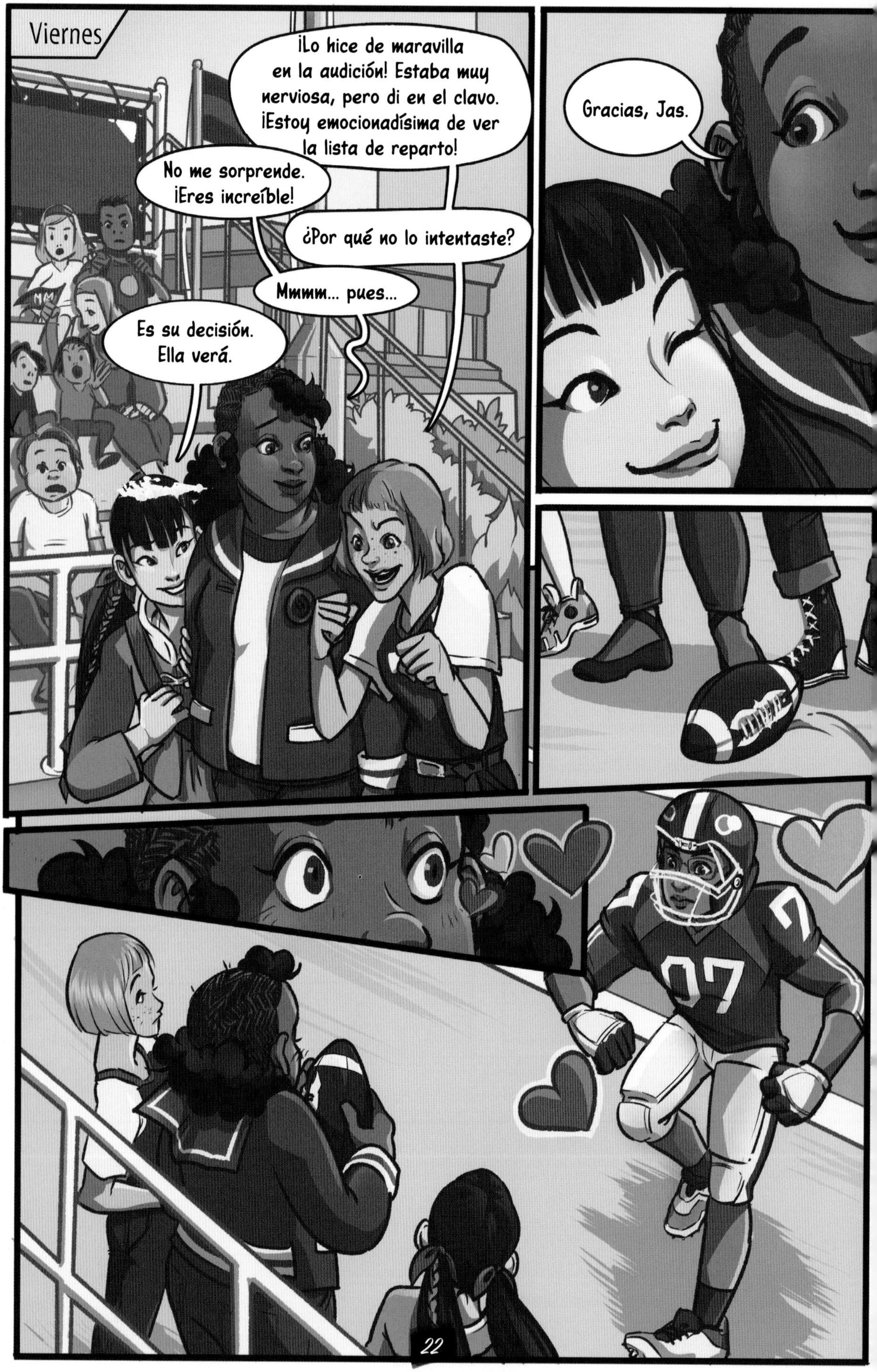

Viernes
¡Lo hice de maravilla en la audición! Estaba muy nerviosa, pero di en el clavo. ¡Estoy emocionadísima de ver la lista de reparto!
No me sorprende. ¡Eres increíble!
¿Por qué no lo intentaste?
Mmmm... pues...
Es su decisión. Ella verá.
Gracias, Jas.

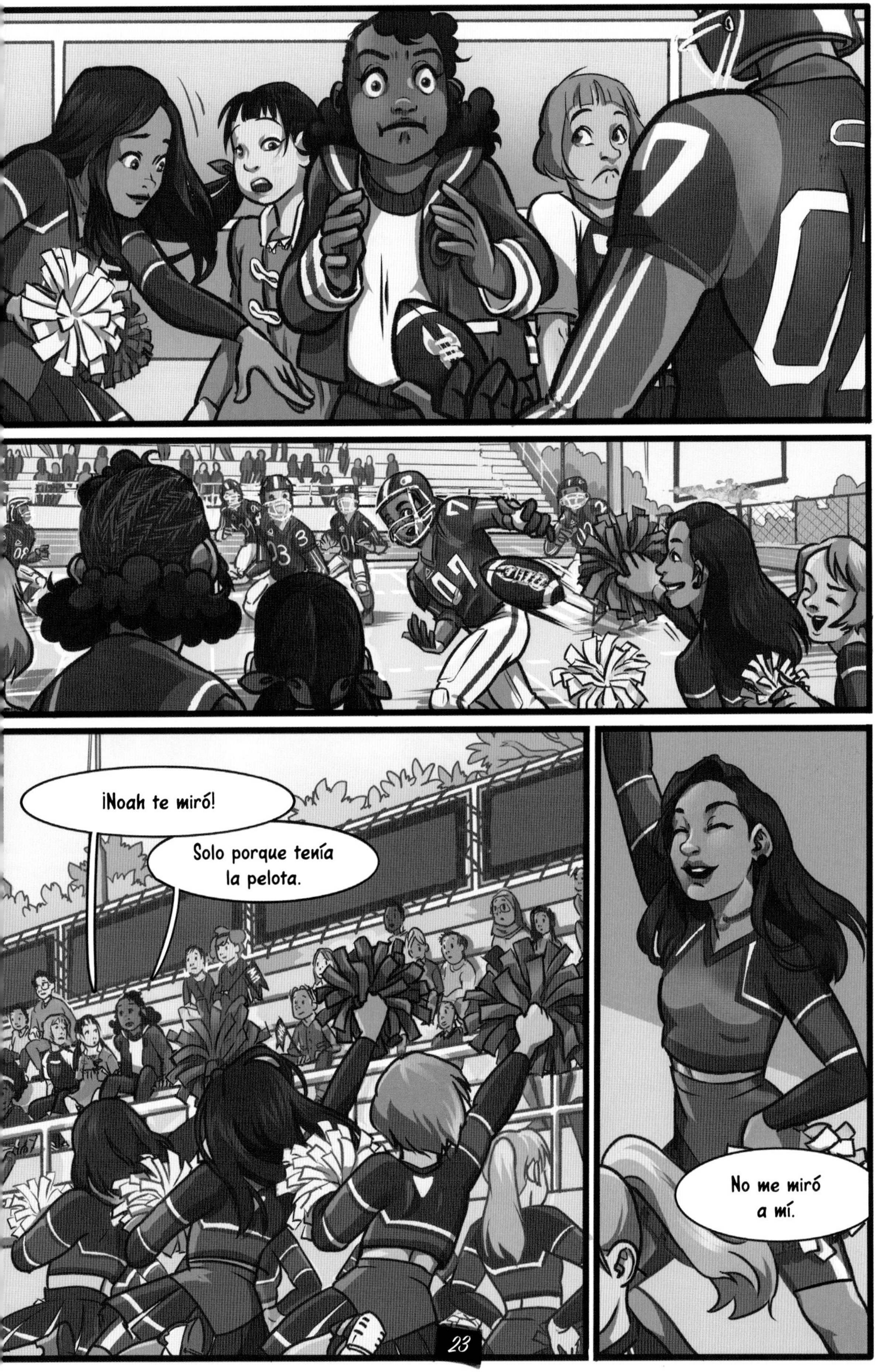
¡Noah te miró!
Solo porque tenía la pelota.
No me miró a mí.

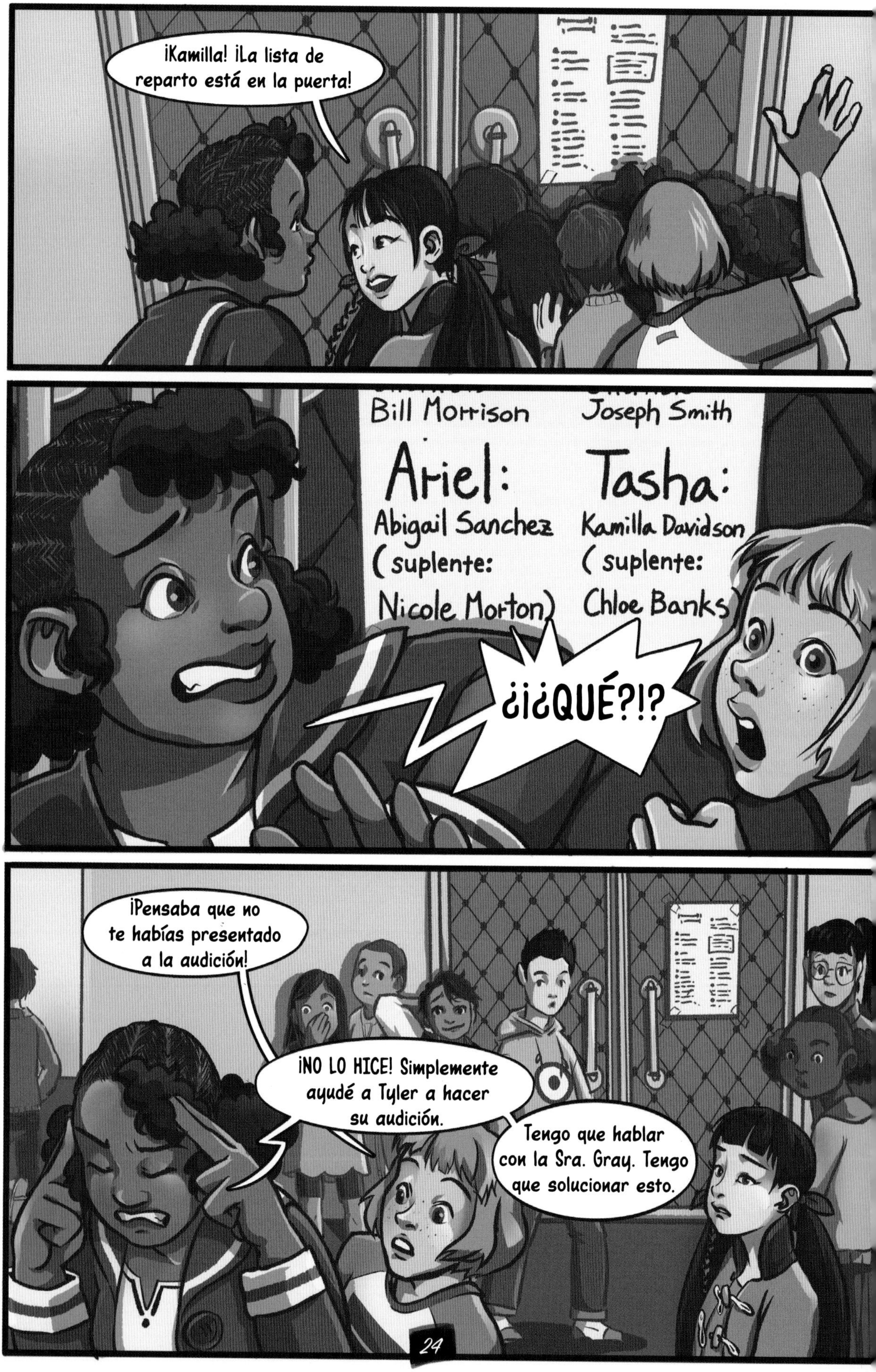
¡Kamilla! ¡La lista de reparto está en la puerta!
Bill Morrison
Joseph Smith
Ariel:
Abigail Sanchez
(suplente:
Nicole Morton)
Tasha:
Kamilla Davidson
(suplente:
Chloe Banks
¿¡¿QUÉ?!?
¡Pensaba que no te habías presentado a la audición!
¡NO LO HICE! Simplemente ayudé a Tyler a hacer su audición.
Tengo que hablar con la Sra. Gray. Tengo que solucionar esto.

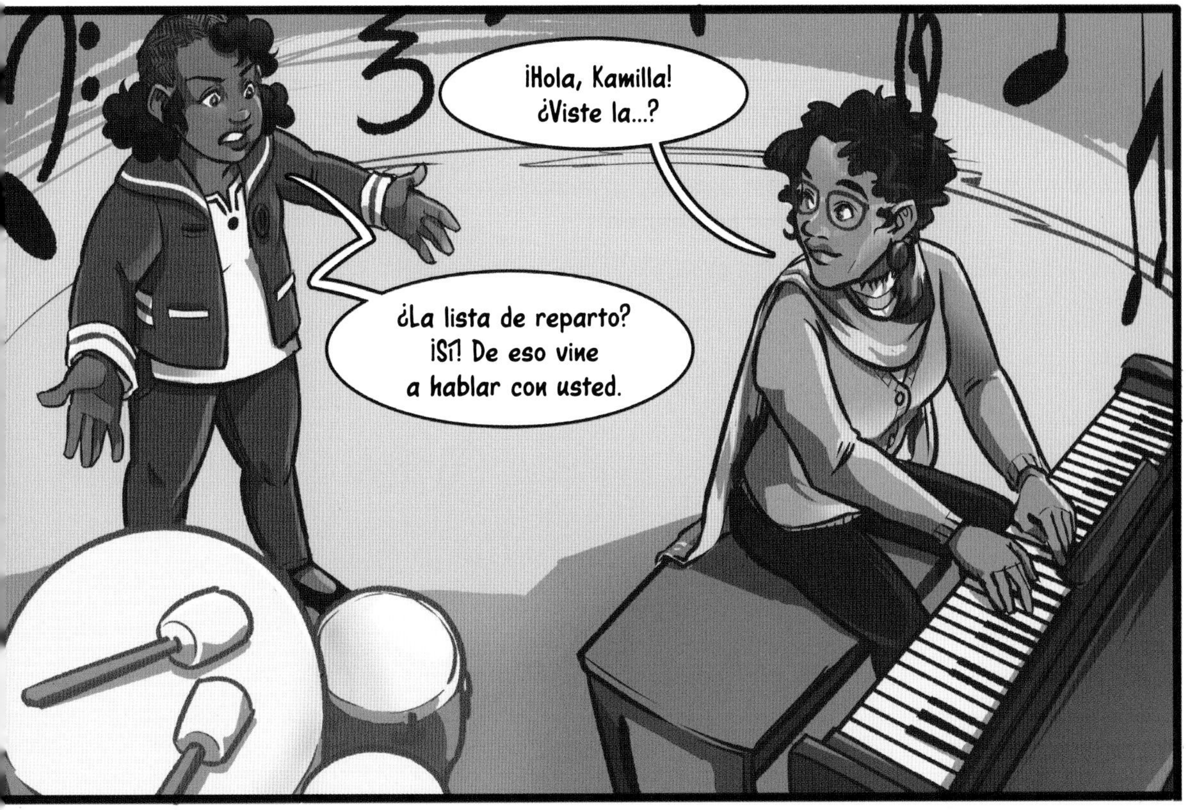
¡Hola, Kamilla!
¿Viste la...?
¿La lista de reparto?
¡Sí! De eso vine
a hablar con usted.

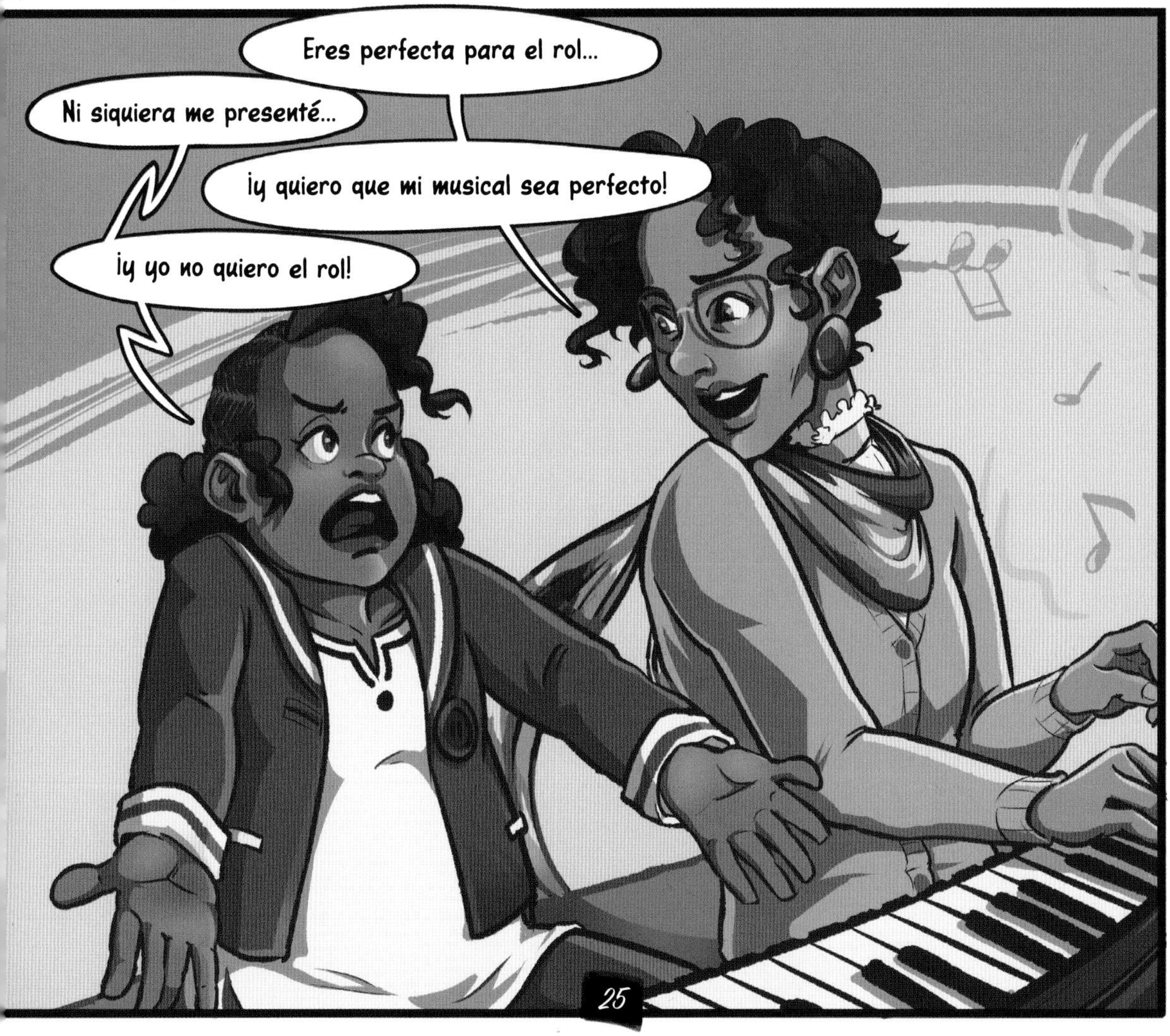
Eres perfecta para el rol...
Ni siquiera me presenté...
¡y quiero que mi musical sea perfecto!
¡y yo no quiero el rol!

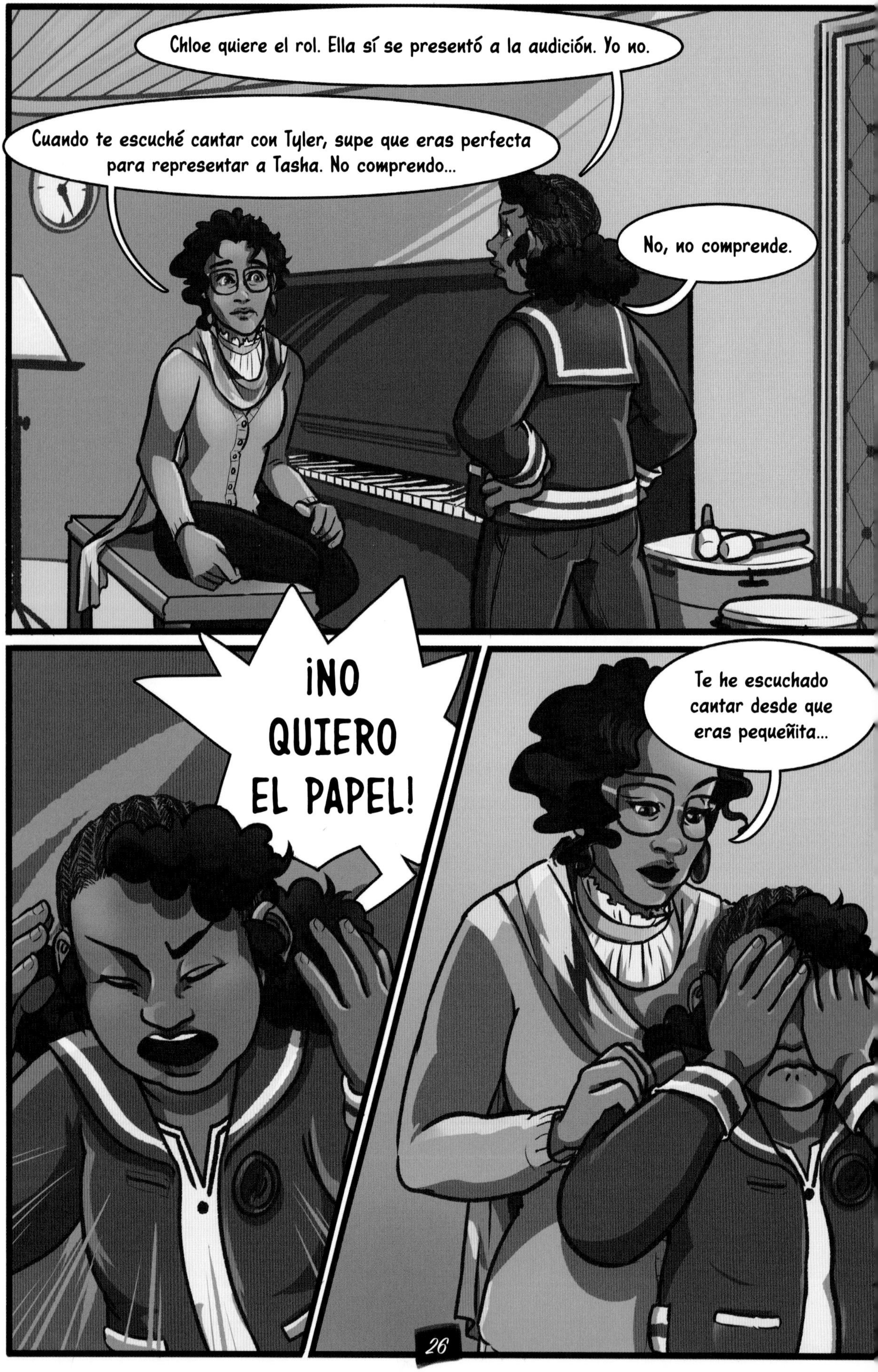

Chloe quiere el rol. Ella sí se presentó a la audición. Yo no.
Cuando te escuché cantar con Tyler, supe que eras perfecta para representar a Tasha. No comprendo...
No, no comprende.
¡NO QUIERO EL PAPEL!
Te he escuchado cantar desde que eras pequeñita...

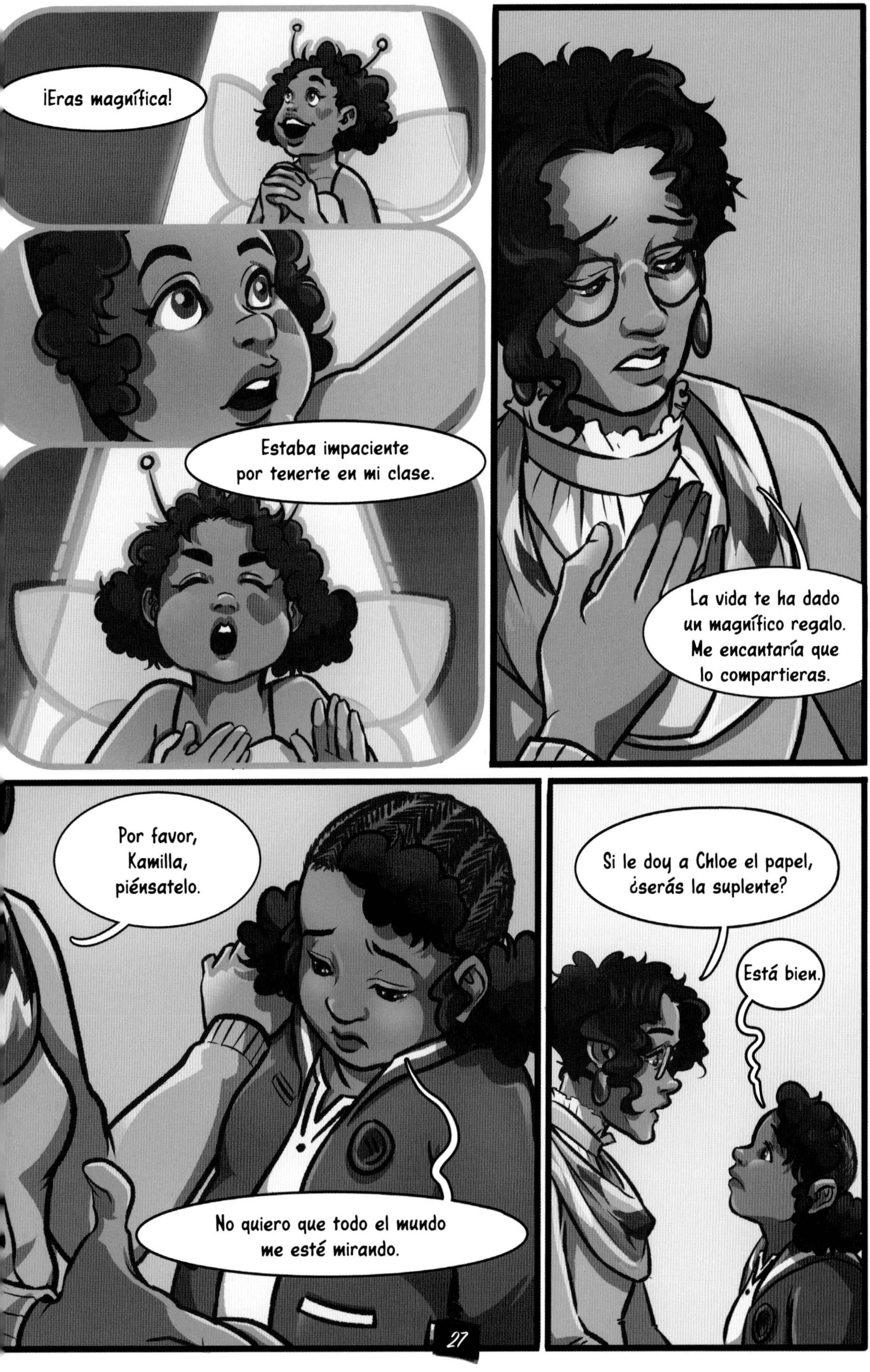
¡Eras magnífica!
Estaba impaciente por tenerte en mi clase.
La vida te ha dado un magnífico regalo. Me encantaría que lo compartieras.
Por favor, Kamilla, piénsatelo.
No quiero que todo el mundo me esté mirando.
Si le doy a Chloe el papel, ¿serás la suplente?
Está bien.

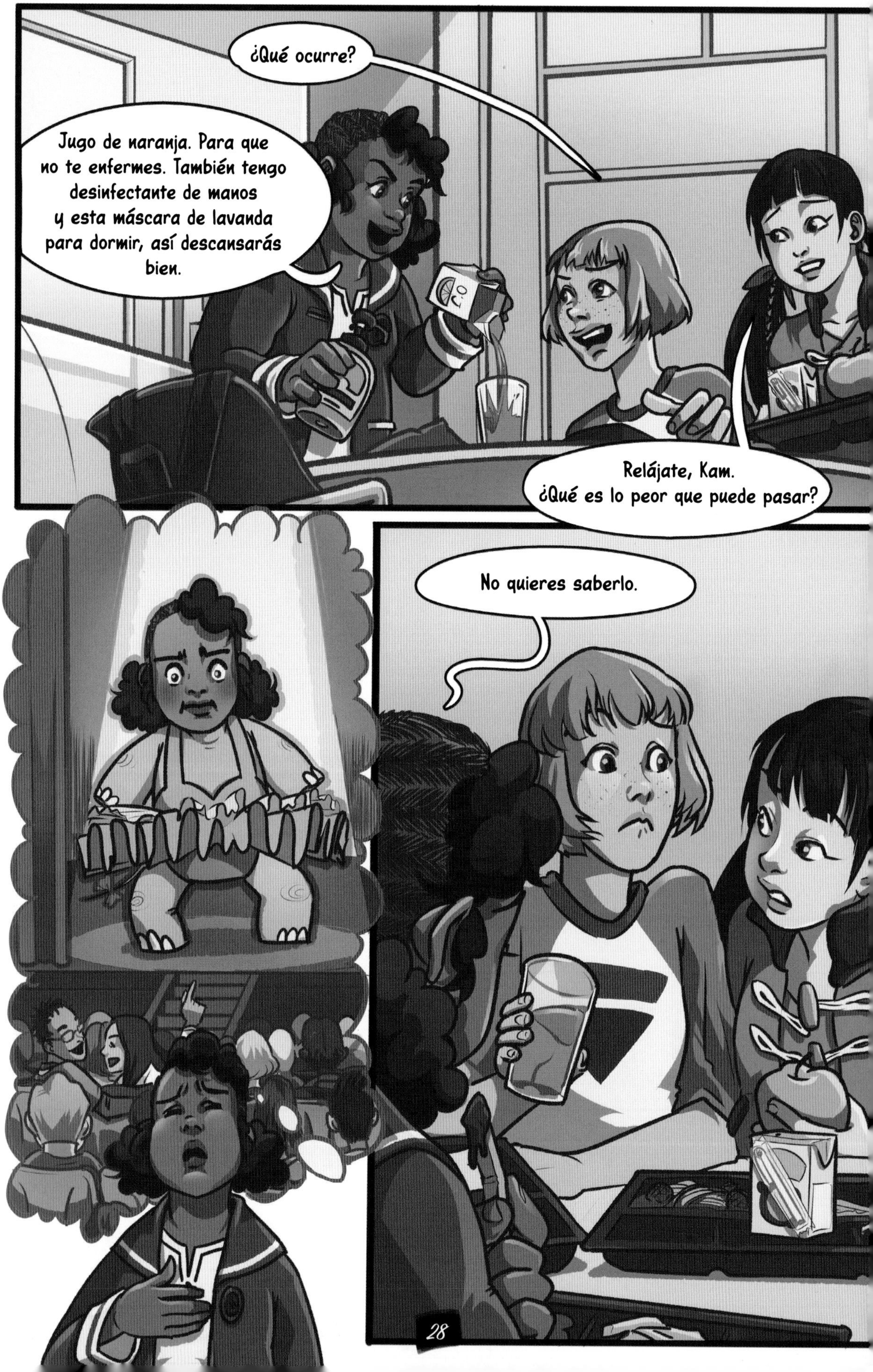
¿Qué ocurre?
Jugo de naranja. Para que no te enfermes. También tengo desinfectante de manos y esta máscara de lavanda para dormir, así descansarás bien.
Relájate, Kam. ¿Qué es lo peor que puede pasar?
No quieres saberlo.

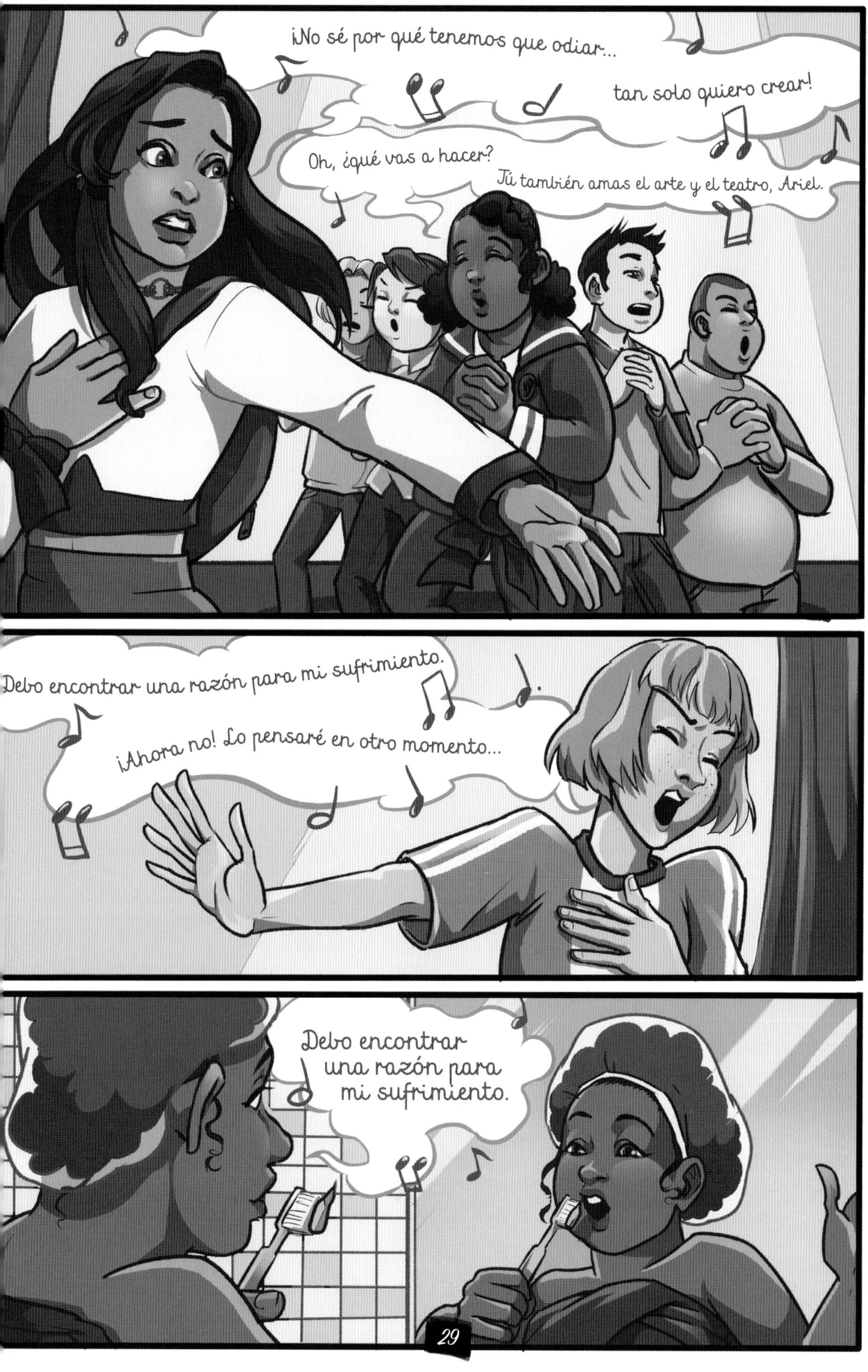
¡No sé por qué tenemos que odiar...
tan solo quiero crear!
Oh, ¿qué vas a hacer?
Tú también amas el arte y el teatro, Ariel.
Debo encontrar una razón para mi sufrimiento.
¡Ahora no! Lo pensaré en otro momento...
Debo encontrar una razón para mi sufrimiento.

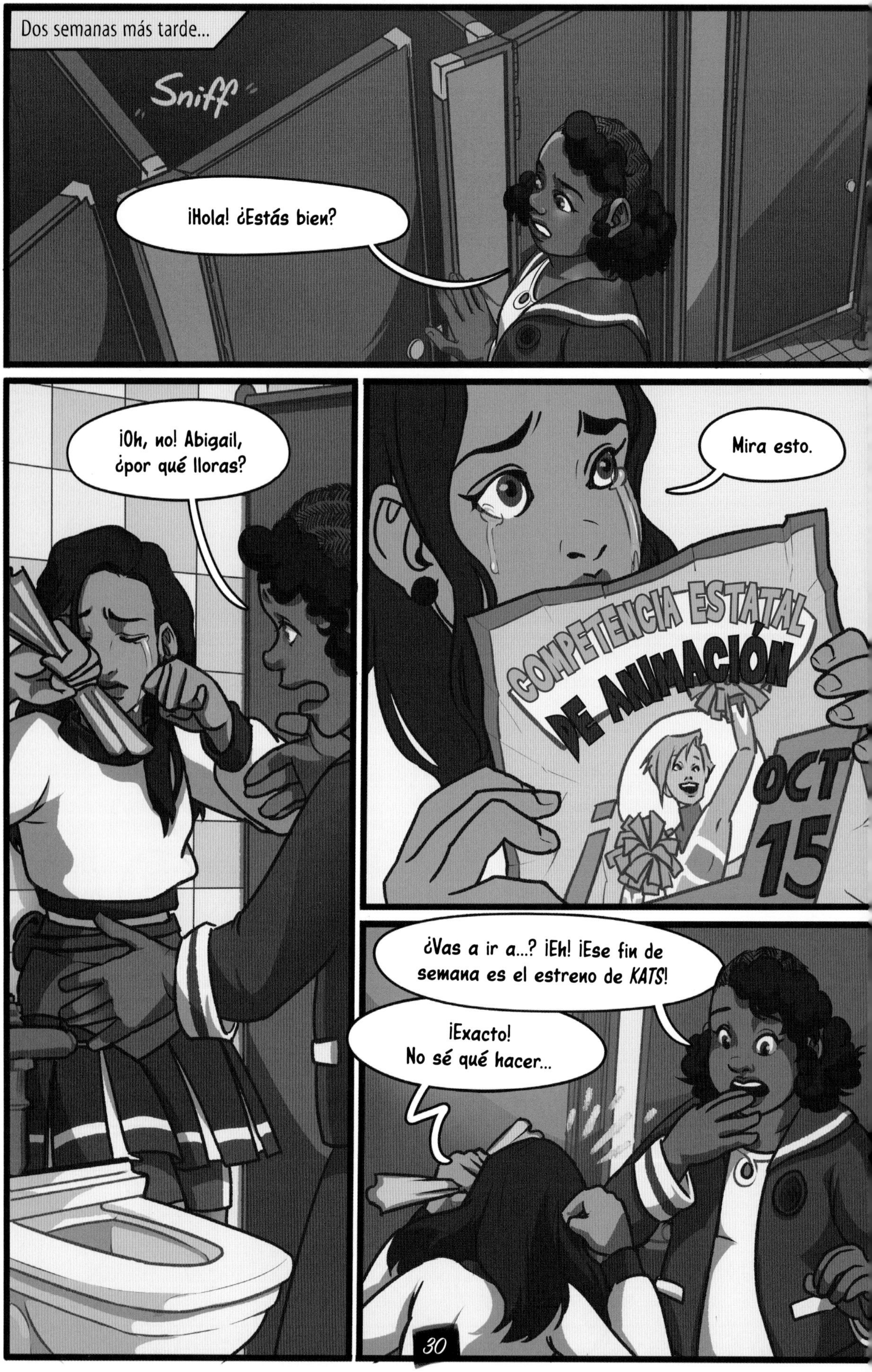

Dos semanas más tarde...
Sniff
¡Hola! ¿Estás bien?
¡Oh, no! Abigail, ¿por qué lloras?
Mira esto.
COMPETENCIA ESTATAL DE ANIMACIÓN
¡
OCT 15
¿Vas a ir a...? ¡Eh! ¡Ese fin de semana es el estreno de *KATS*!
¡Exacto! No sé qué hacer...

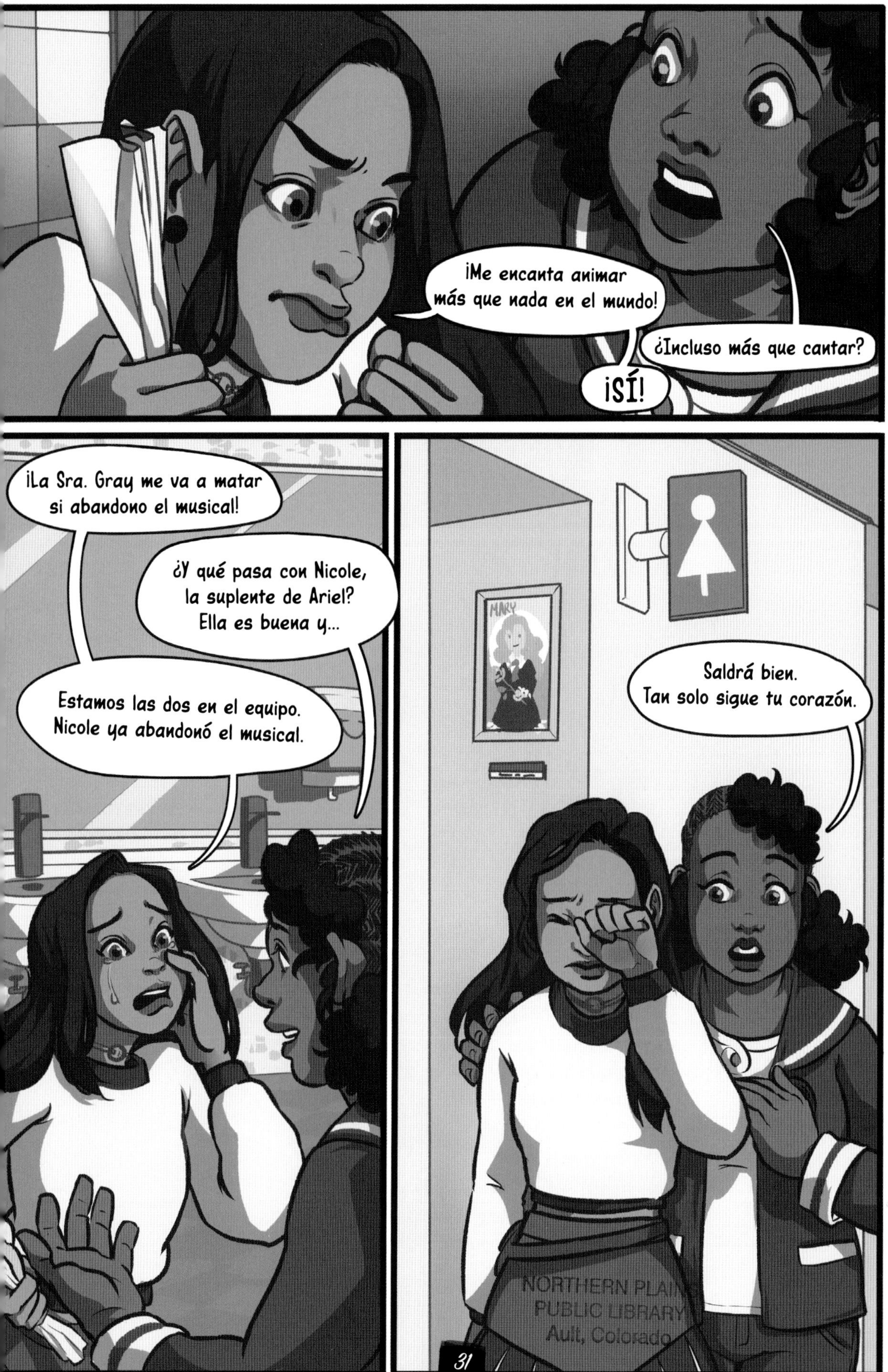
¡Me encanta animar más que nada en el mundo!
¿Incluso más que cantar?
¡SÍ!
¡La Sra. Gray me va a matar si abandono el musical!
¿Y qué pasa con Nicole, la suplente de Ariel? Ella es buena y...
Estamos las dos en el equipo. Nicole ya abandonó el musical.
Saldrá bien. Tan solo sigue tu corazón.

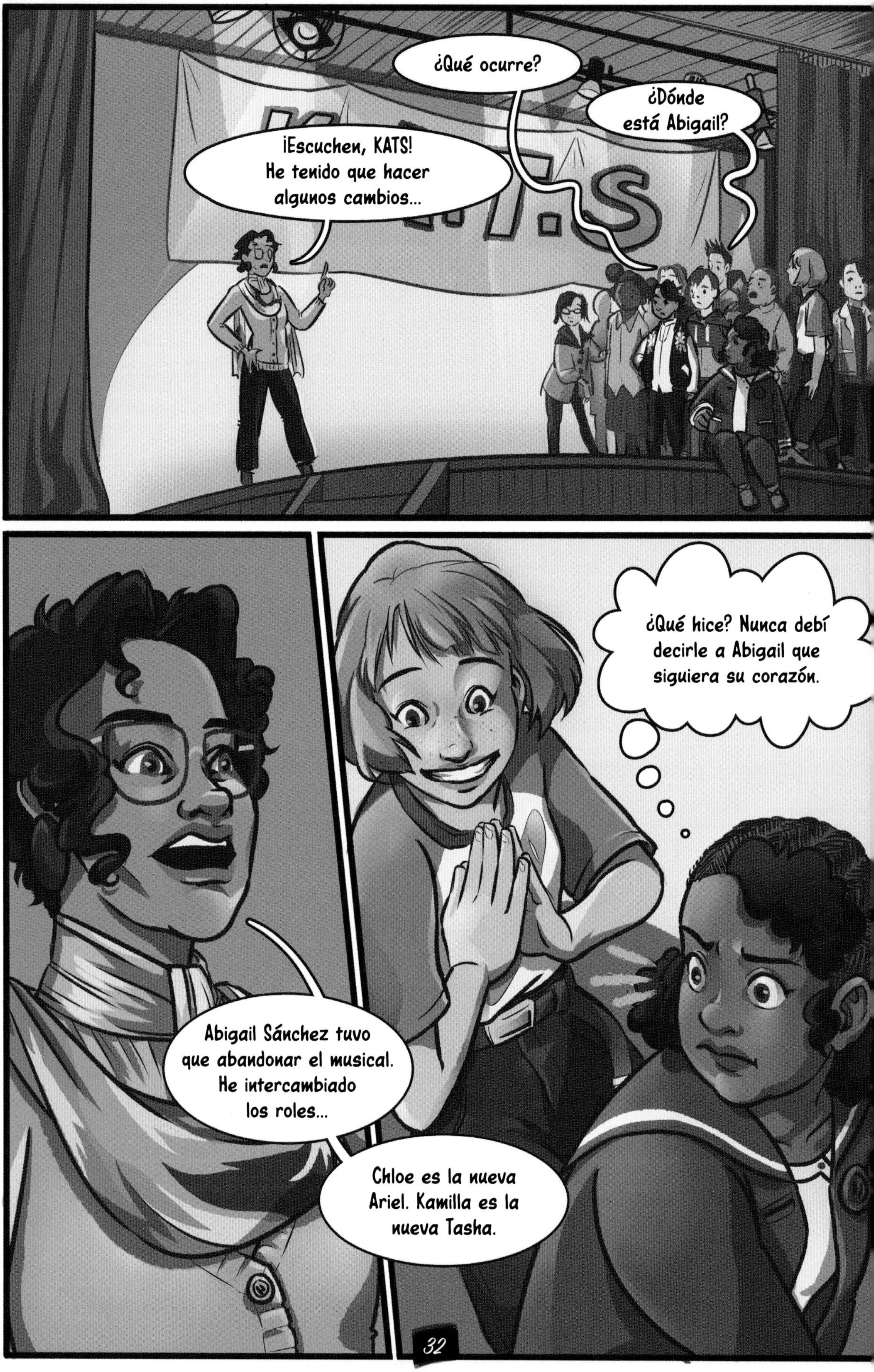
¡Escuchen, KATS! He tenido que hacer algunos cambios...
¿Qué ocurre?
¿Dónde está Abigail?
¿Qué hice? Nunca debí decirle a Abigail que siguiera su corazón.
Abigail Sánchez tuvo que abandonar el musical. He intercambiado los roles...
Chloe es la nueva Ariel. Kamilla es la nueva Tasha.

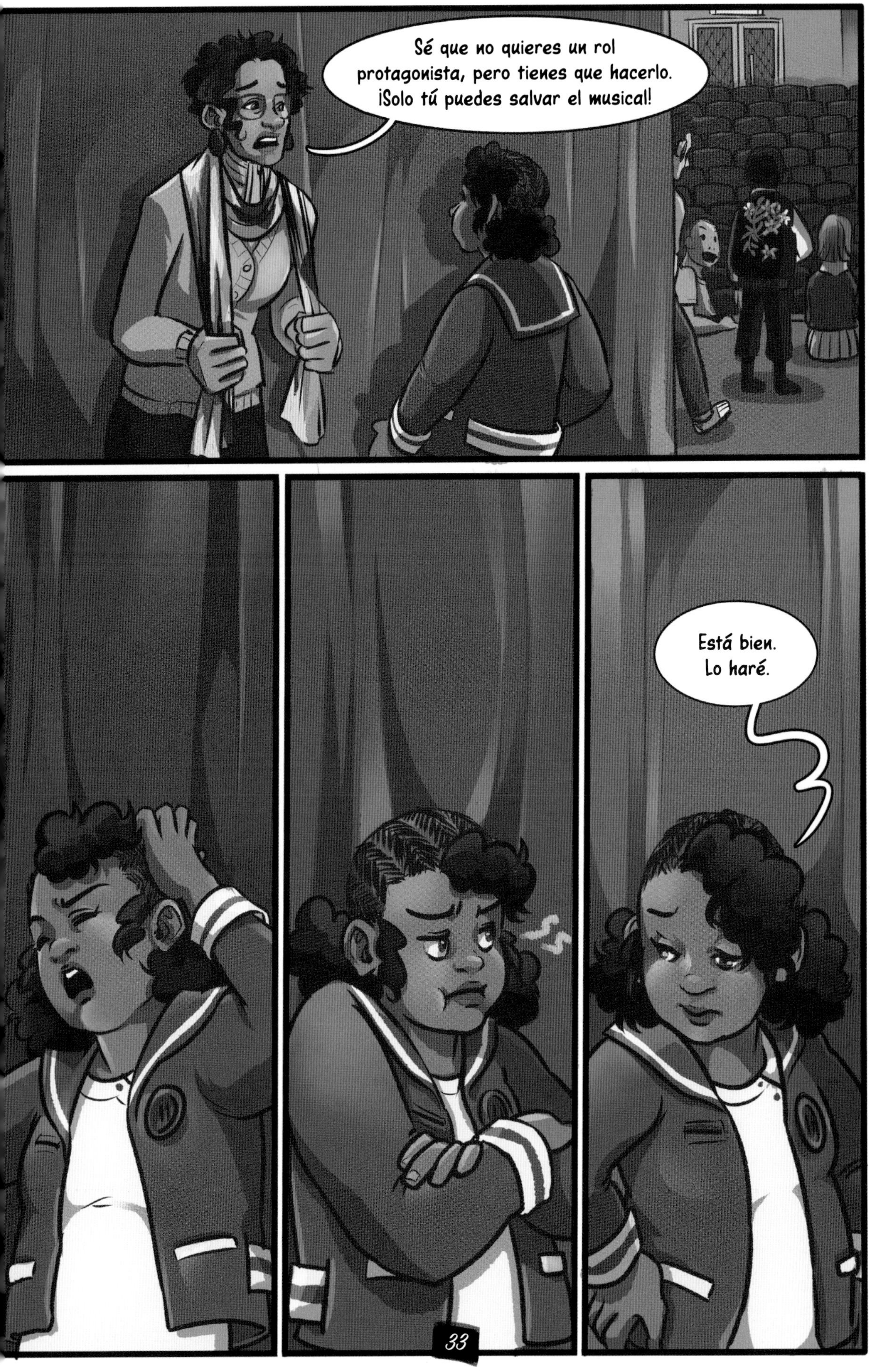
Sé que no quieres un rol protagonista, pero tienes que hacerlo. ¡Solo tú puedes salvar el musical!
Está bien. Lo haré.

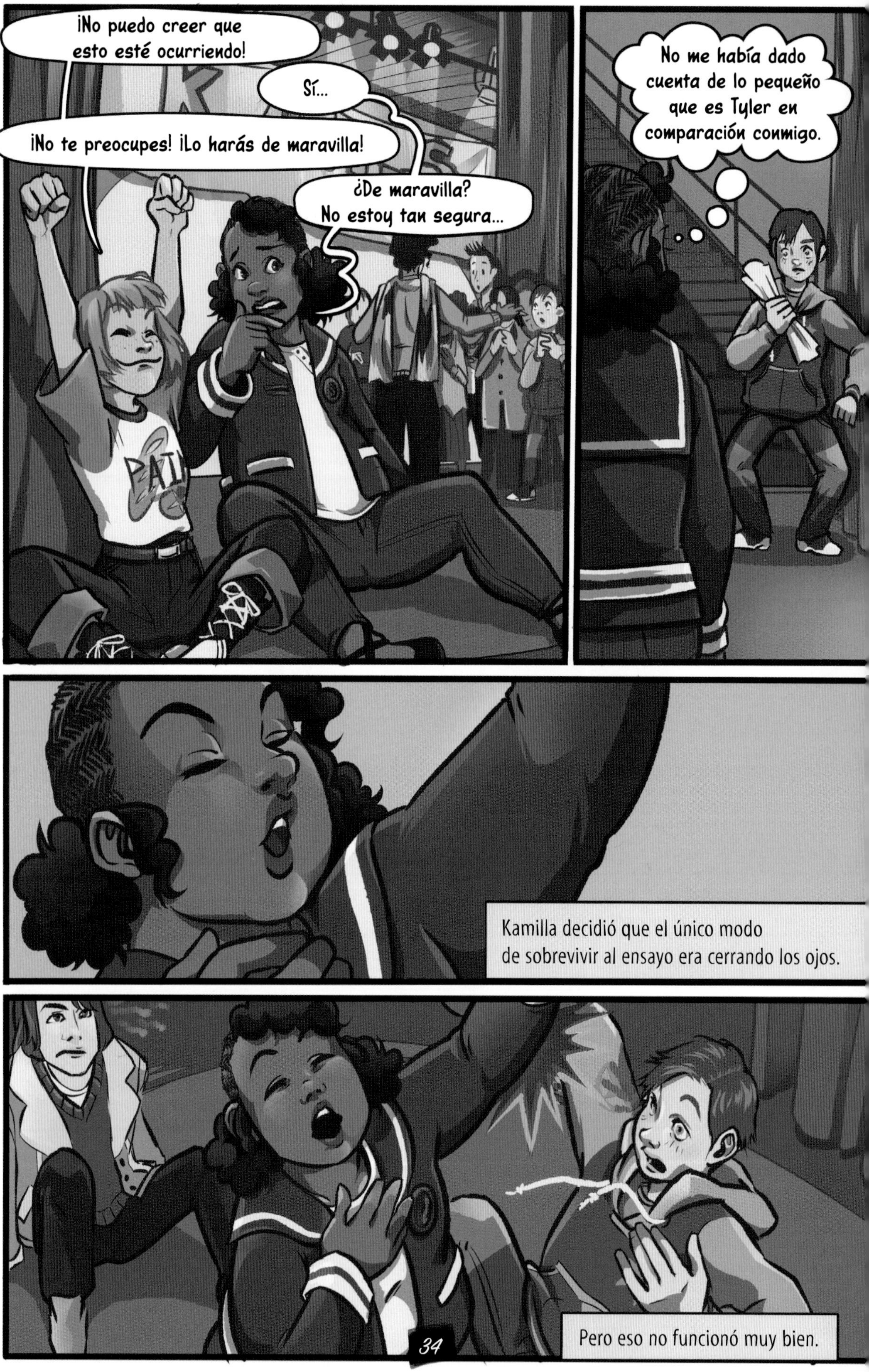
¡No puedo creer que esto esté ocurriendo!
Sí...
¡No te preocupes! ¡Lo harás de maravilla!
¿De maravilla? No estoy tan segura...
No me había dado cuenta de lo pequeño que es Tyler en comparación conmigo.
Kamilla decidió que el único modo de sobrevivir al ensayo era cerrando los ojos.
Pero eso no funcionó muy bien.

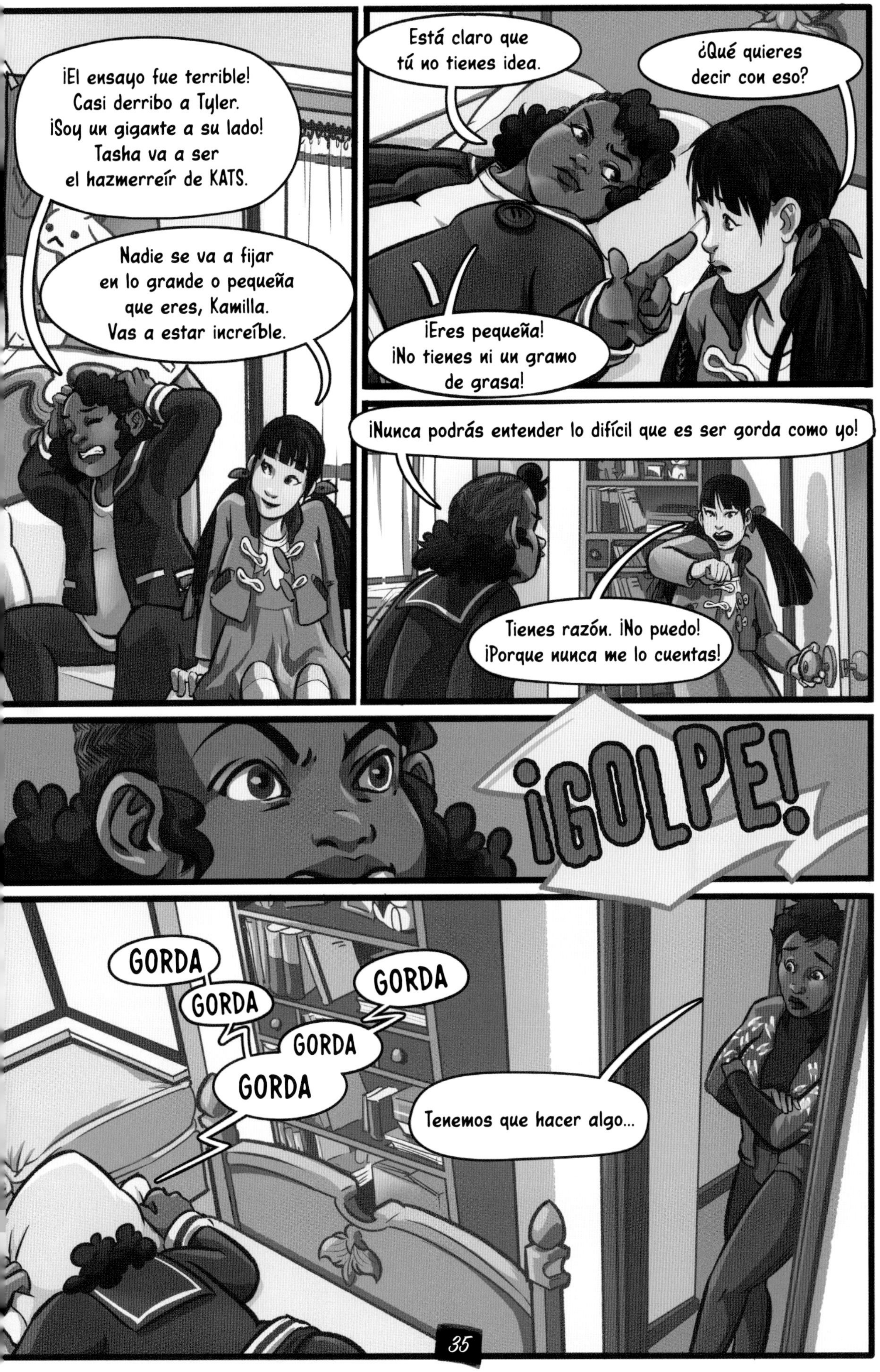
¡El ensayo fue terrible! Casi derribo a Tyler. ¡Soy un gigante a su lado! Tasha va a ser el hazmerreír de KATS.
Nadie se va a fijar en lo grande o pequeña que eres, Kamilla. Vas a estar increíble.
Está claro que tú no tienes idea.
¿Qué quieres decir con eso?
¡Eres pequeña! ¡No tienes ni un gramo de grasa!
¡Nunca podrás entender lo difícil que es ser gorda como yo!
Tienes razón. ¡No puedo! ¡Porque nunca me lo cuentas!
¡GOLPE!
GORDA
GORDA
GORDA
GORDA
GORDA
Tenemos que hacer algo...

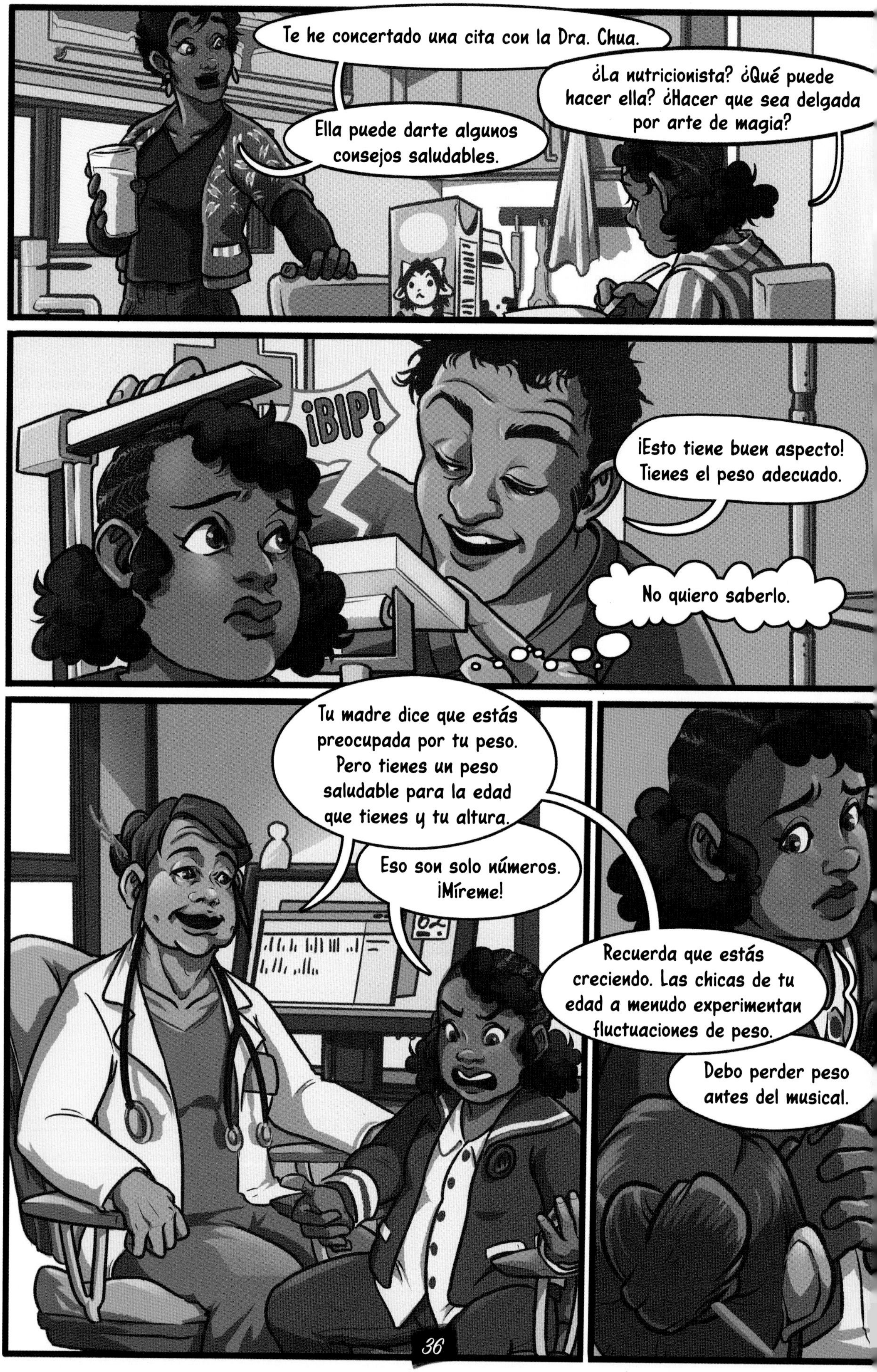
Te he concertado una cita con la Dra. Chua.
Ella puede darte algunos consejos saludables.
¿La nutricionista? ¿Qué puede hacer ella? ¿Hacer que sea delgada por arte de magia?
¡BIP!
¡Esto tiene buen aspecto! Tienes el peso adecuado.
No quiero saberlo.
Tu madre dice que estás preocupada por tu peso. Pero tienes un peso saludable para la edad que tienes y tu altura.
Eso son solo números. ¡Míreme!
Recuerda que estás creciendo. Las chicas de tu edad a menudo experimentan fluctuaciones de peso.
Debo perder peso antes del musical.

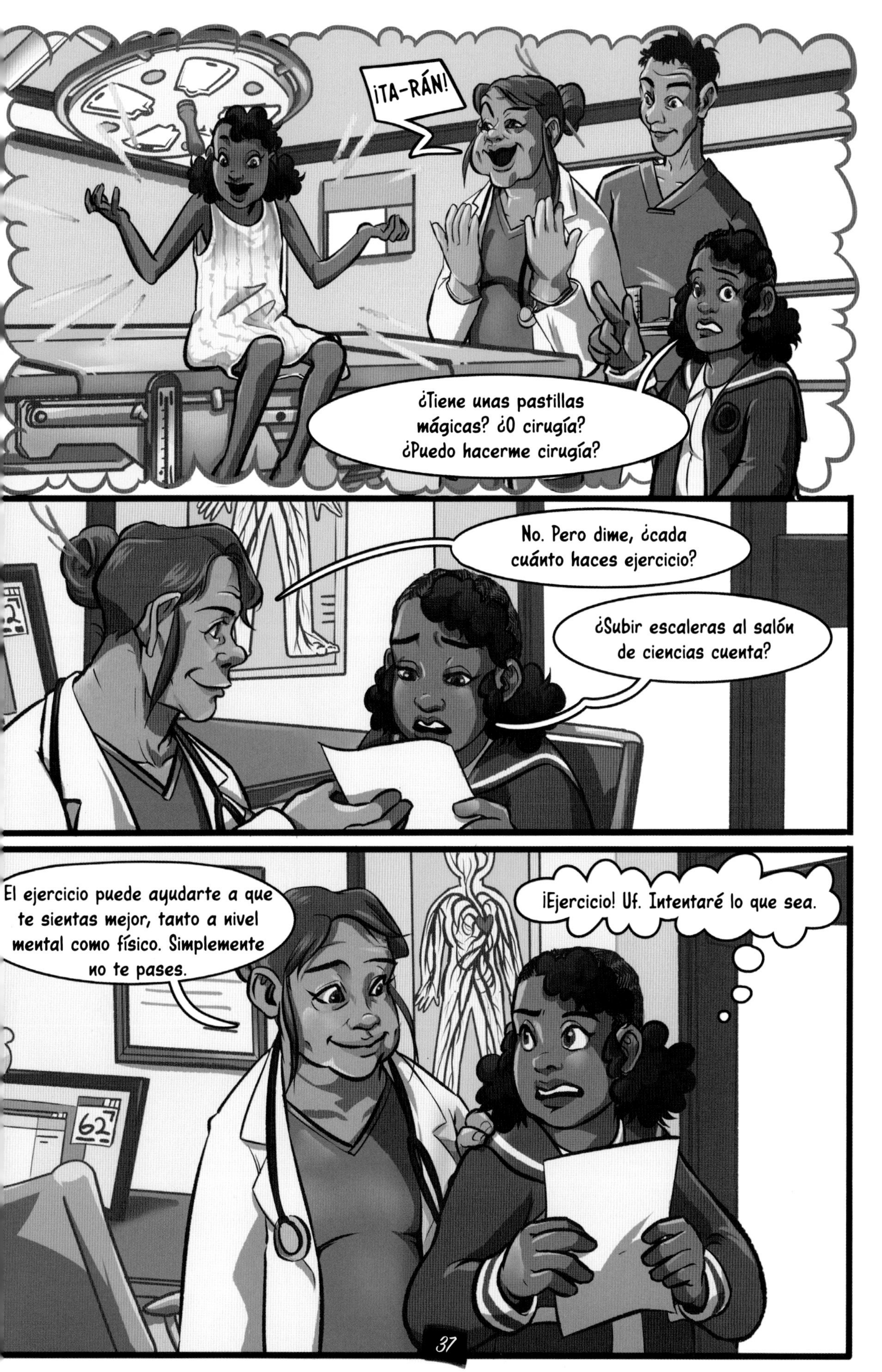
¡TA-RÁN!
¿Tiene unas pastillas mágicas? ¿O cirugía? ¿Puedo hacerme cirugía?
No. Pero dime, ¿cada cuánto haces ejercicio?
¿Subir escaleras al salón de ciencias cuenta?
El ejercicio puede ayudarte a que te sientas mejor, tanto a nivel mental como físico. Simplemente no te pases.
¡Ejercicio! Uf. Intentaré lo que sea.
62

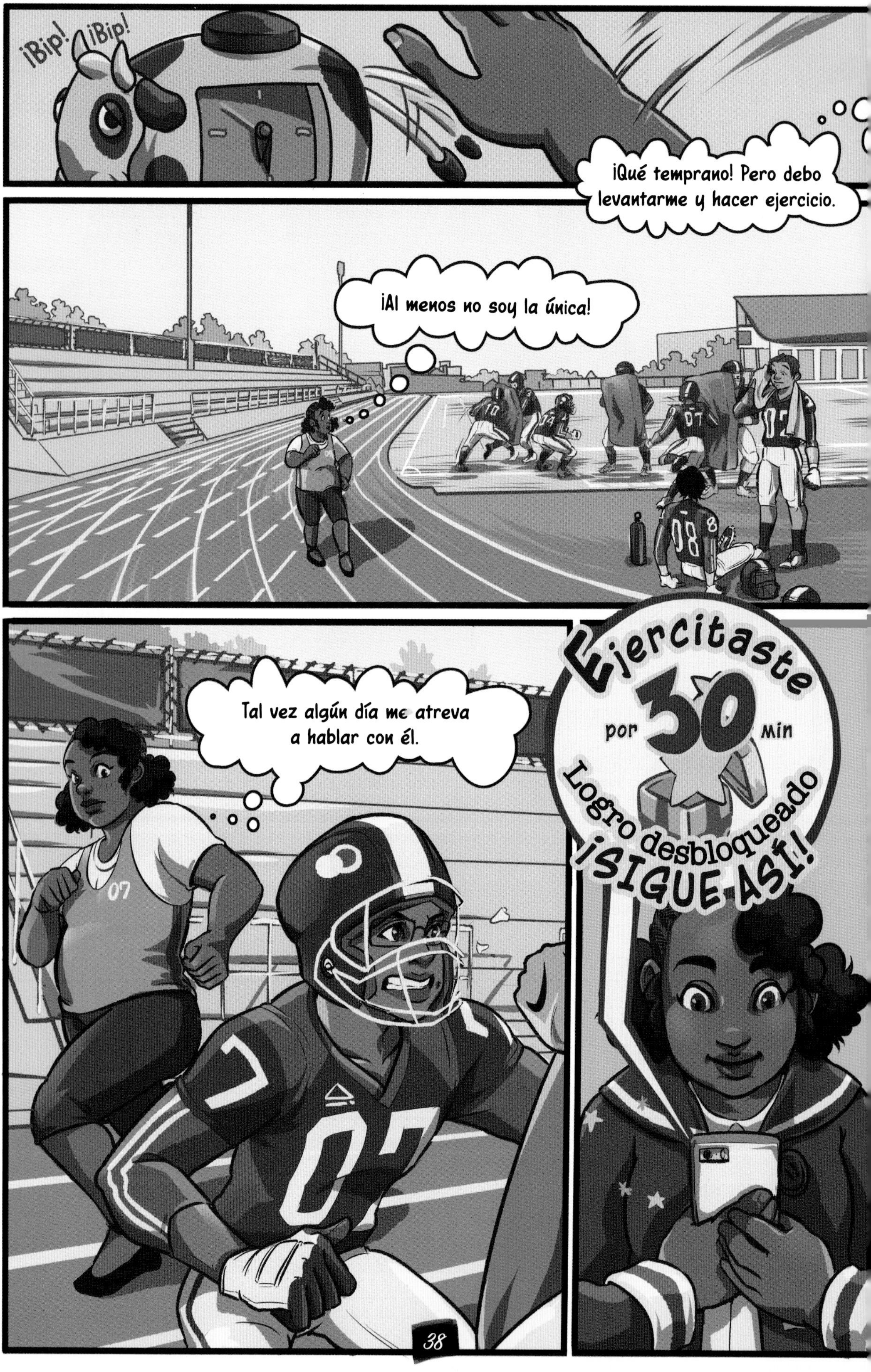
¡Bip! ¡Bip!
¡Qué temprano! Pero debo levantarme y hacer ejercicio.
¡Al menos no soy la única!
Tal vez algún día me atreva a hablar con él.
Ejercitaste por 30 min
Logro desbloqueado
¡SIGUE ASÍ!

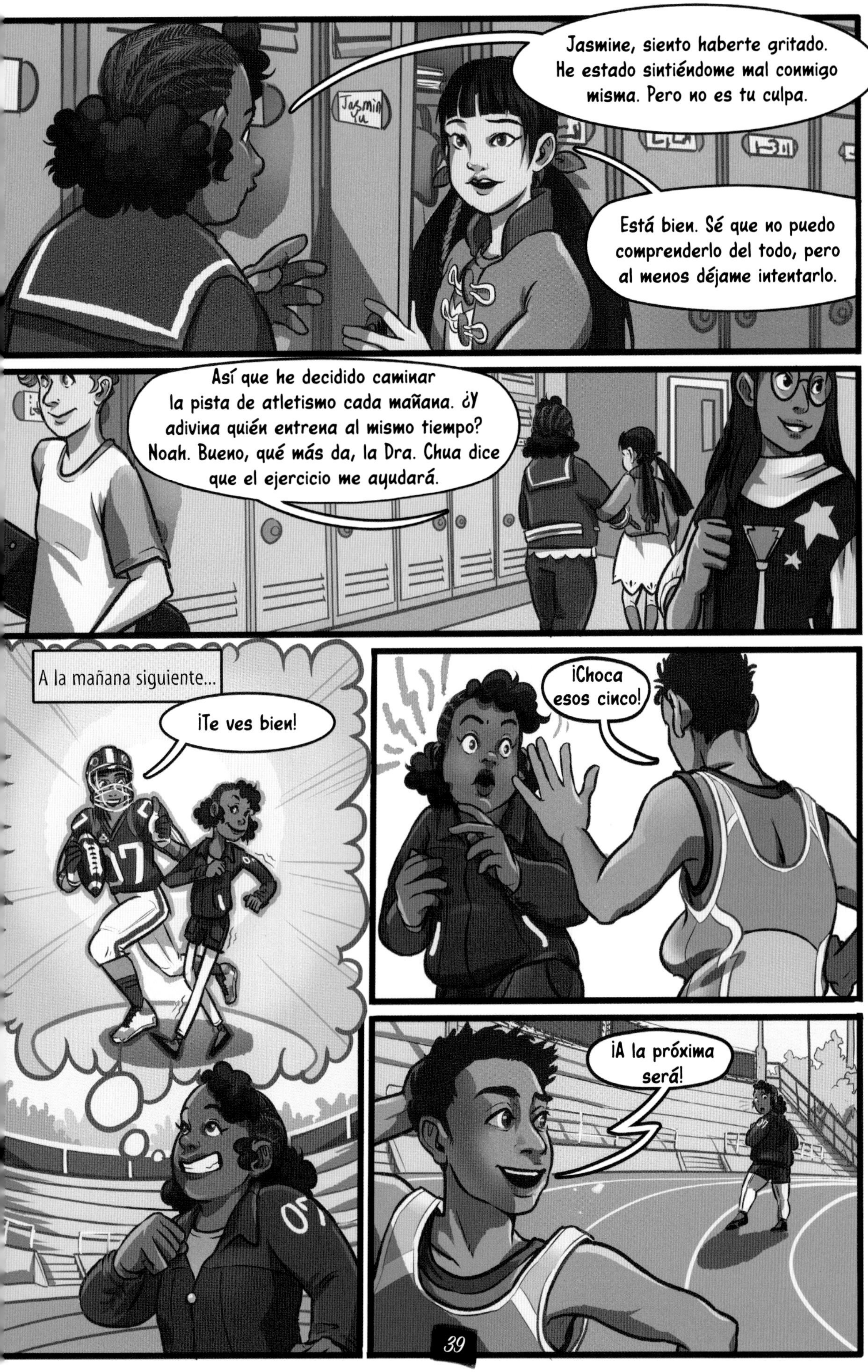
Jasmine, siento haberte gritado. He estado sintiéndome mal conmigo misma. Pero no es tu culpa.
Jasmin Yu
Está bien. Sé que no puedo comprenderlo del todo, pero al menos déjame intentarlo.
Así que he decidido caminar la pista de atletismo cada mañana. ¿Y adivina quién entrena al mismo tiempo? Noah. Bueno, qué más da, la Dra. Chua dice que el ejercicio me ayudará.
A la mañana siguiente...
¡Te ves bien!
¡Choca esos cinco!
¡A la próxima será!

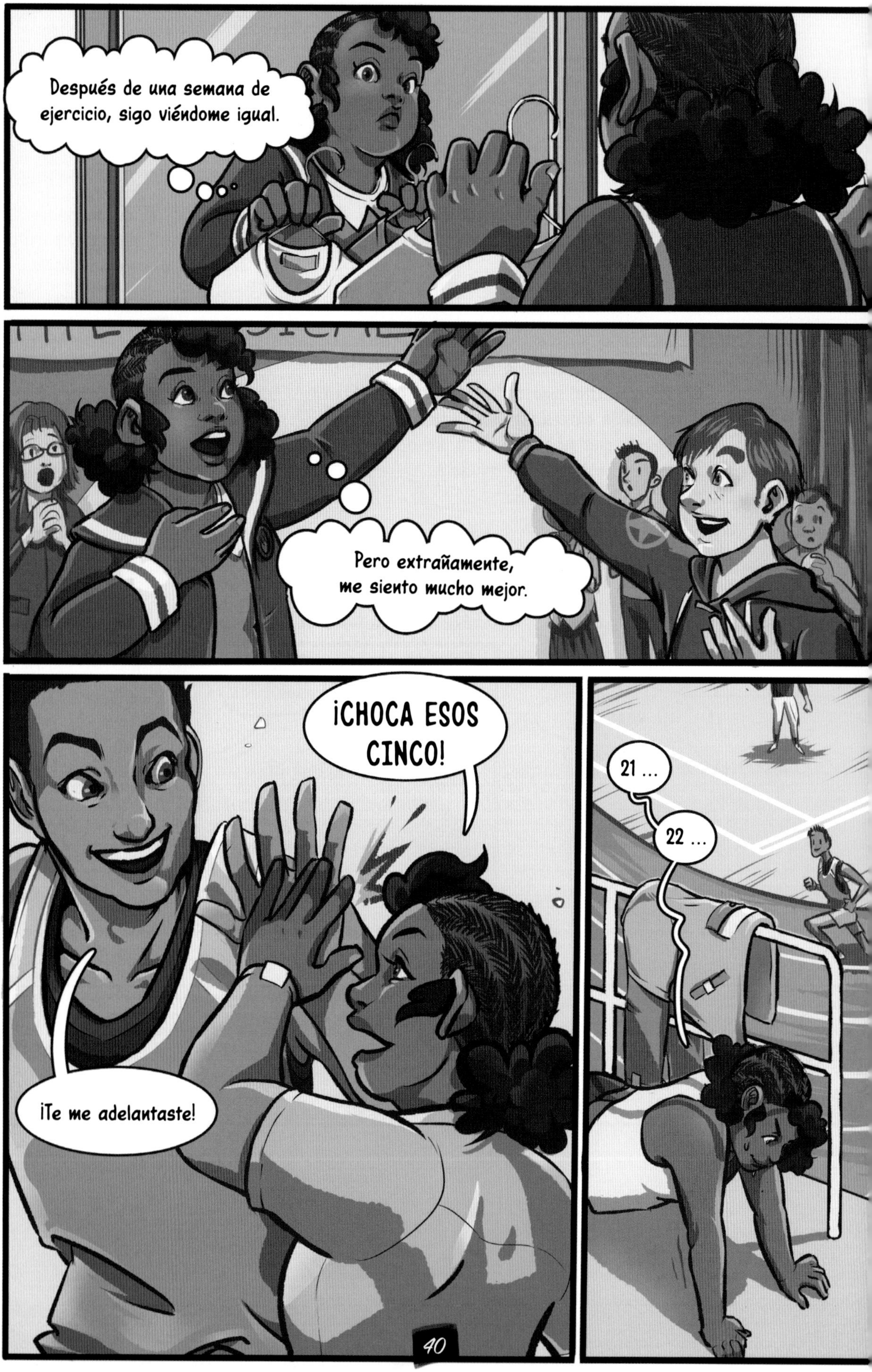
Después de una semana de ejercicio, sigo viéndome igual.
Pero extrañamente, me siento mucho mejor.
¡CHOCA ESOS CINCO!
¡Te me adelantaste!
21 ...
22 ...

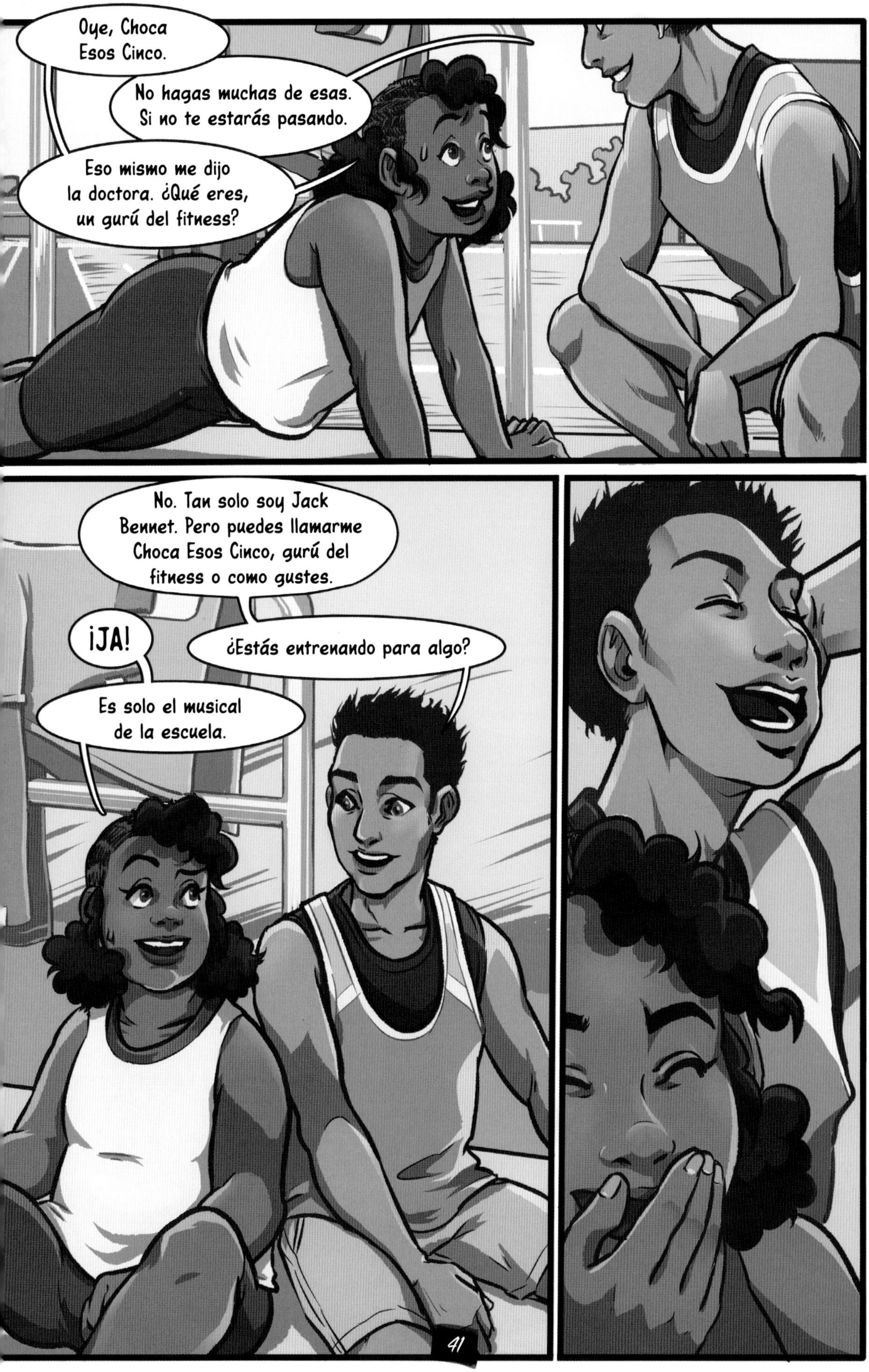

Oye, Choca Esos Cinco.
No hagas muchas de esas. Si no te estarás pasando.
Eso mismo me dijo la doctora. ¿Qué eres, un gurú del fitness?
No. Tan solo soy Jack Bennet. Pero puedes llamarme Choca Esos Cinco, gurú del fitness o como gustes.
¡JA!
¿Estás entrenando para algo?
Es solo el musical de la escuela.

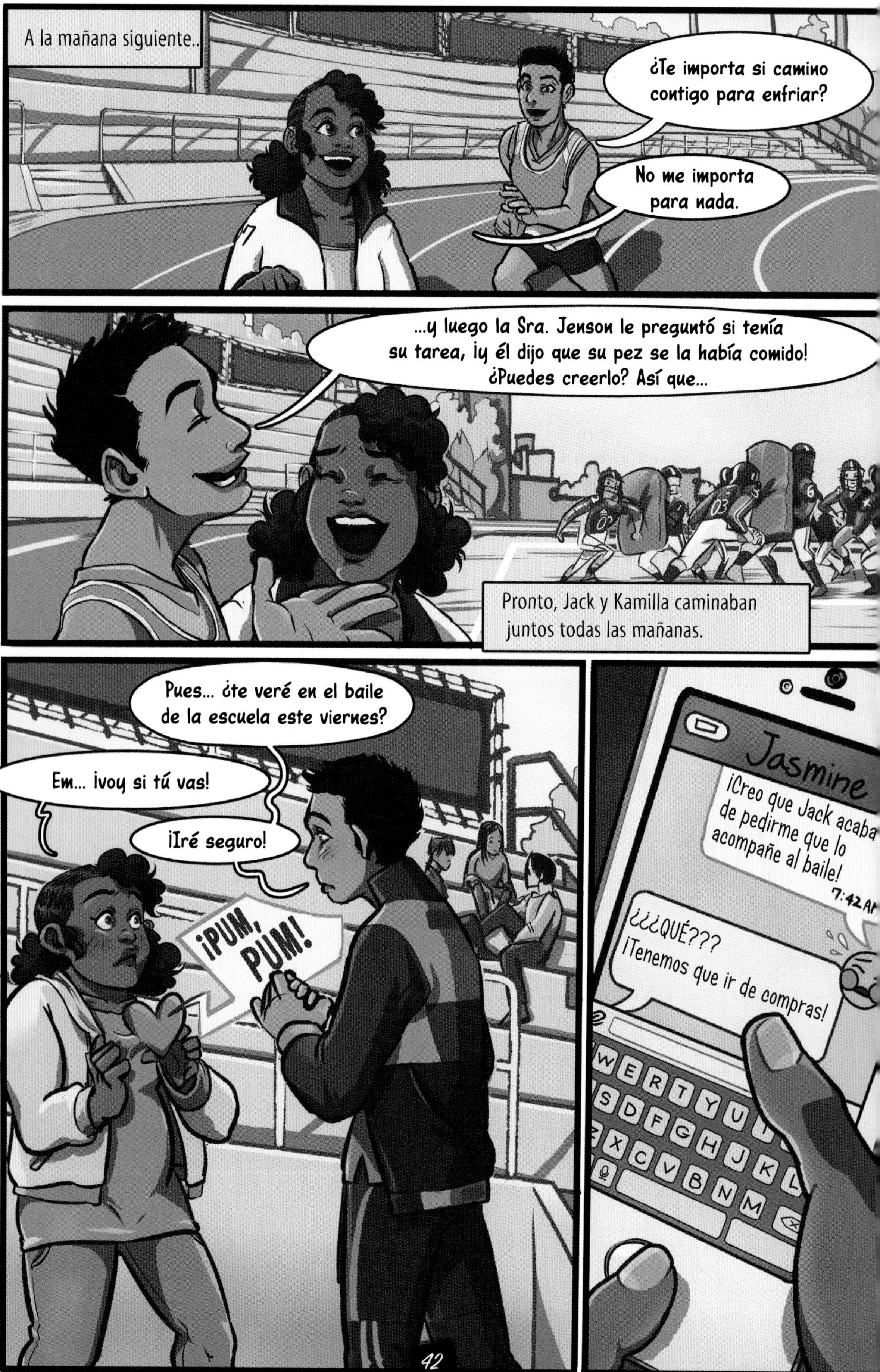
A la mañana siguiente...
¿Te importa si camino contigo para enfriar?
No me importa para nada.
...y luego la Sra. Jenson le preguntó si tenía su tarea, ¡y él dijo que su pez se la había comido! ¿Puedes creerlo? Así que...
Pronto, Jack y Kamilla caminaban juntos todas las mañanas.
Pues... ¿te veré en el baile de la escuela este viernes?
Em... ¡voy si tú vas!
¡Iré seguro!
¡PUM, PUM!
Jasmine
¡Creo que Jack acaba de pedirme que lo acompañe al baile!
7:42 AM
¿¿¿QUÉ???
¡Tenemos que ir de compras!

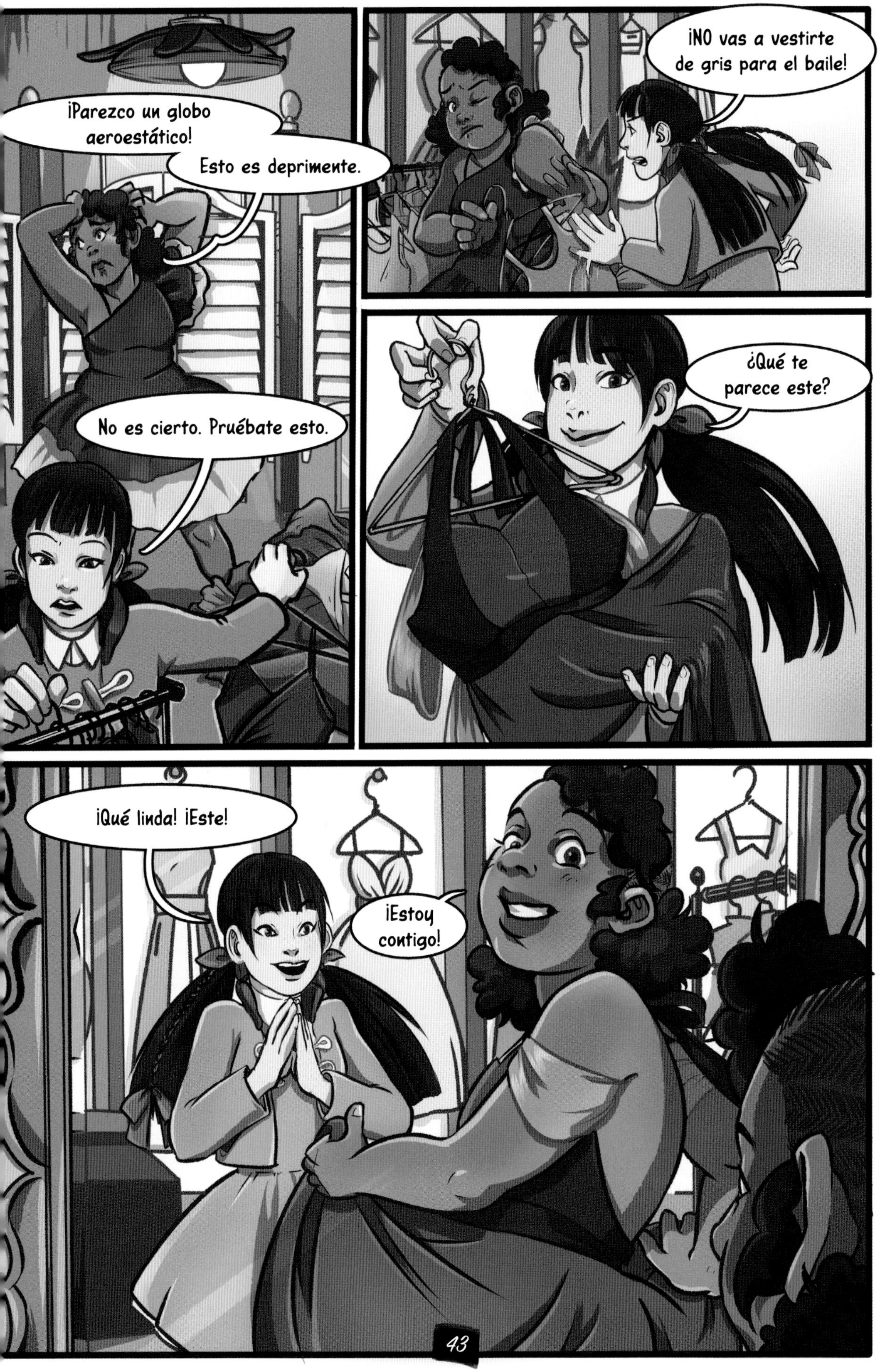
¡Parezco un globo aeroestático!
Esto es deprimente.
No es cierto. Pruébate esto.
¡NO vas a vestirte de gris para el baile!
¿Qué te parece este?
¡Qué linda! ¡Este!
¡Estoy contigo!

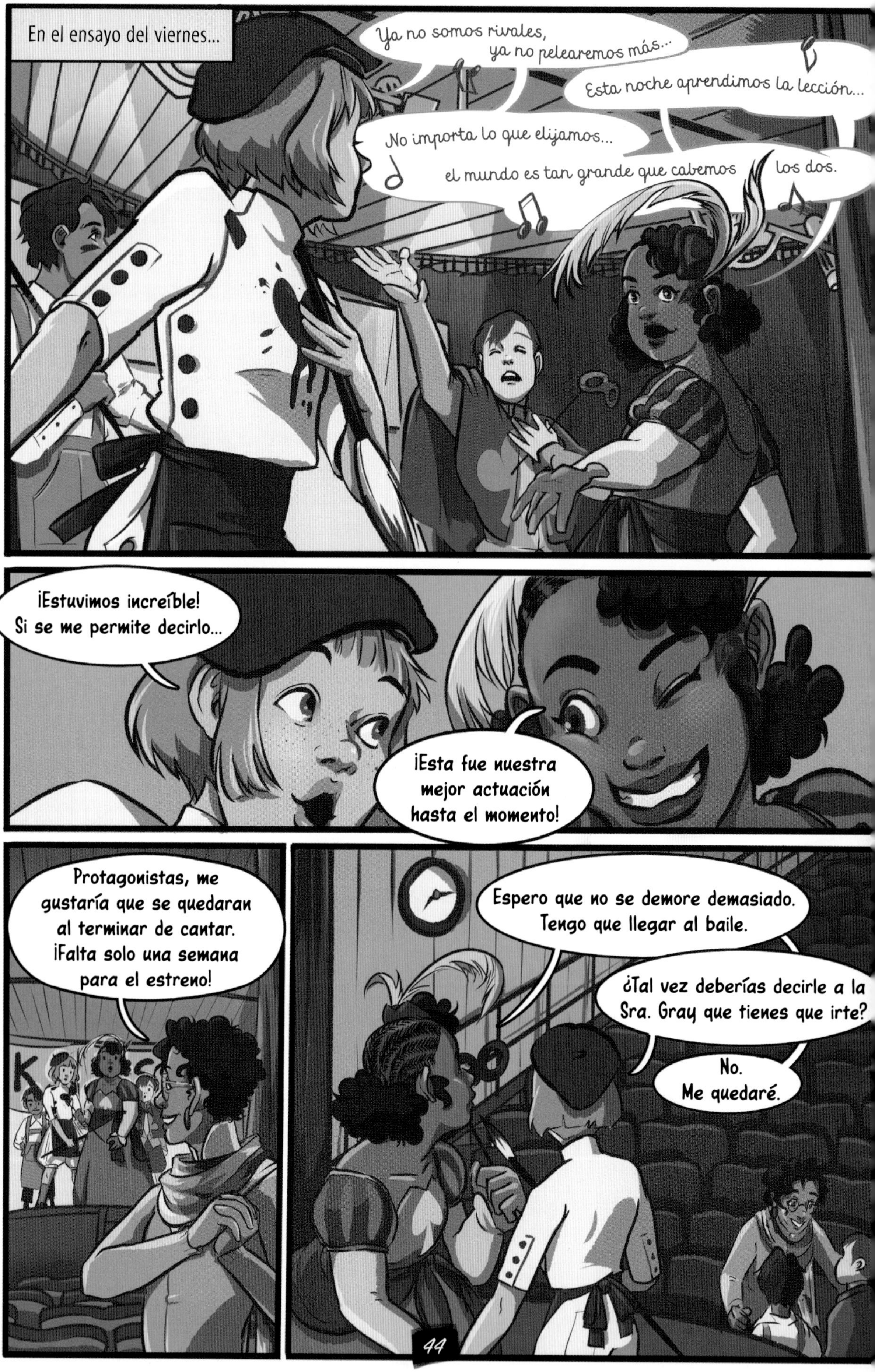
En el ensayo del viernes...
Ya no somos rivales, ya no pelearemos más...
Esta noche aprendimos la lección...
No importa lo que elijamos...
el mundo es tan grande que cabemos
los dos.
¡Estuvimos increíble! Si se me permite decirlo...
¡Esta fue nuestra mejor actuación hasta el momento!
Protagonistas, me gustaría que se quedaran al terminar de cantar. ¡Falta solo una semana para el estreno!
Espero que no se demore demasiado. Tengo que llegar al baile.
¿Tal vez deberías decirle a la Sra. Gray que tienes que irte?
No. Me quedaré.

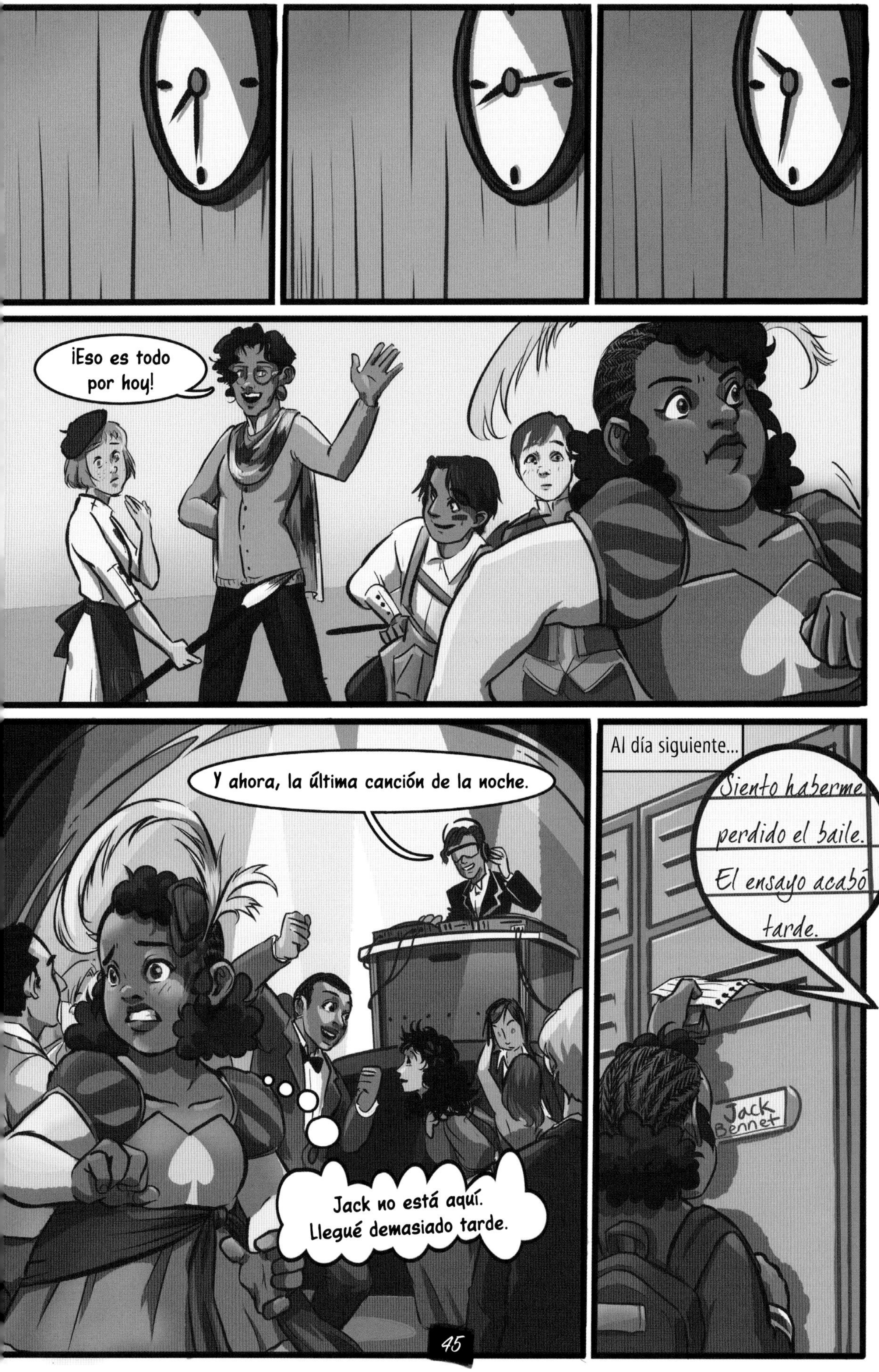

¡Eso es todo por hoy!
Y ahora, la última canción de la noche.
Jack no está aquí. Llegué demasiado tarde.
Al día siguiente...
Siento haberme perdido el baile. El ensayo acabó tarde.
Jack Bennet

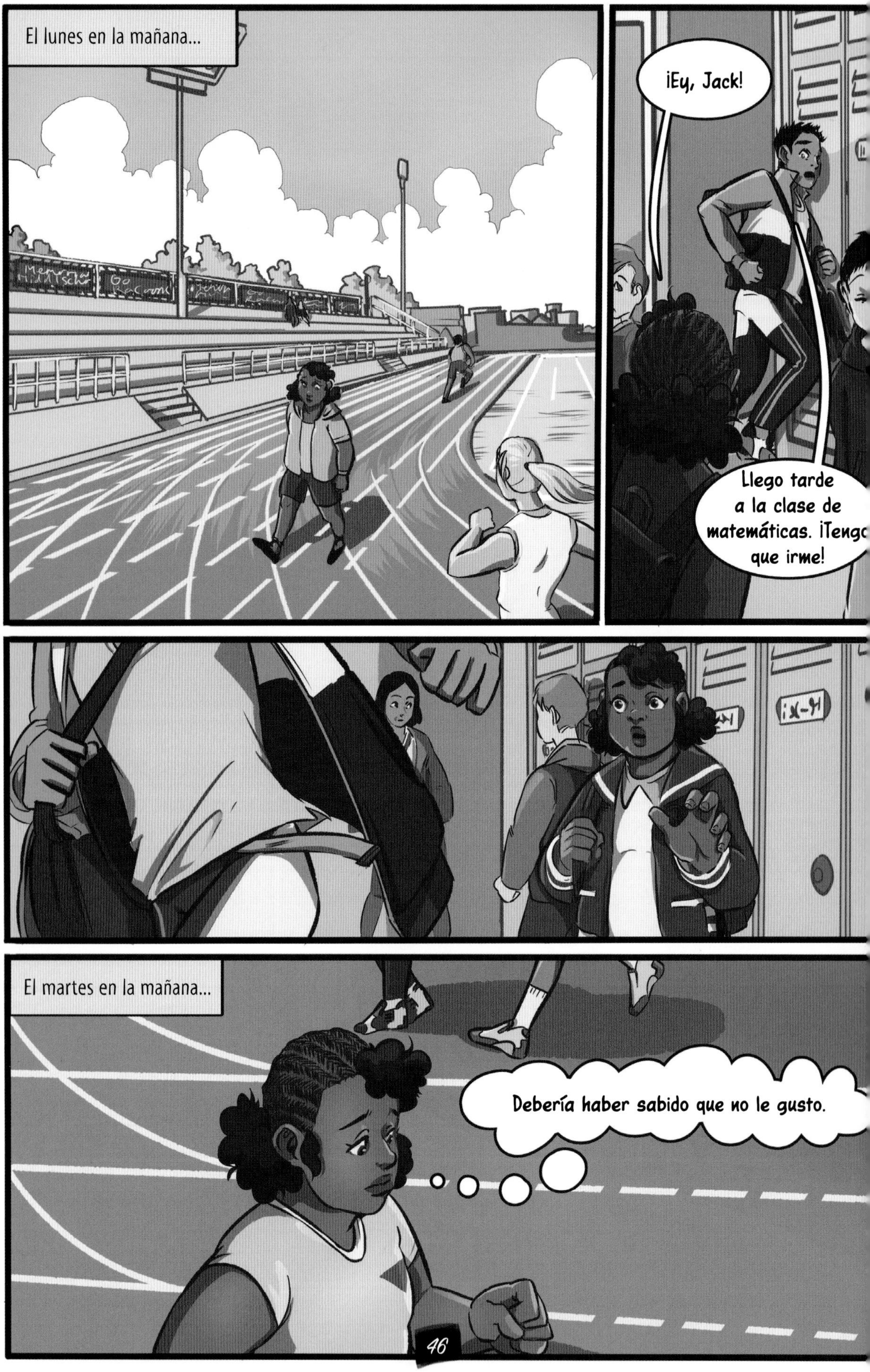

El lunes en la mañana...
¡Ey, Jack!
Llego tarde a la clase de matemáticas. ¡Tengo que irme!
El martes en la mañana...
Debería haber sabido que no le gusto.

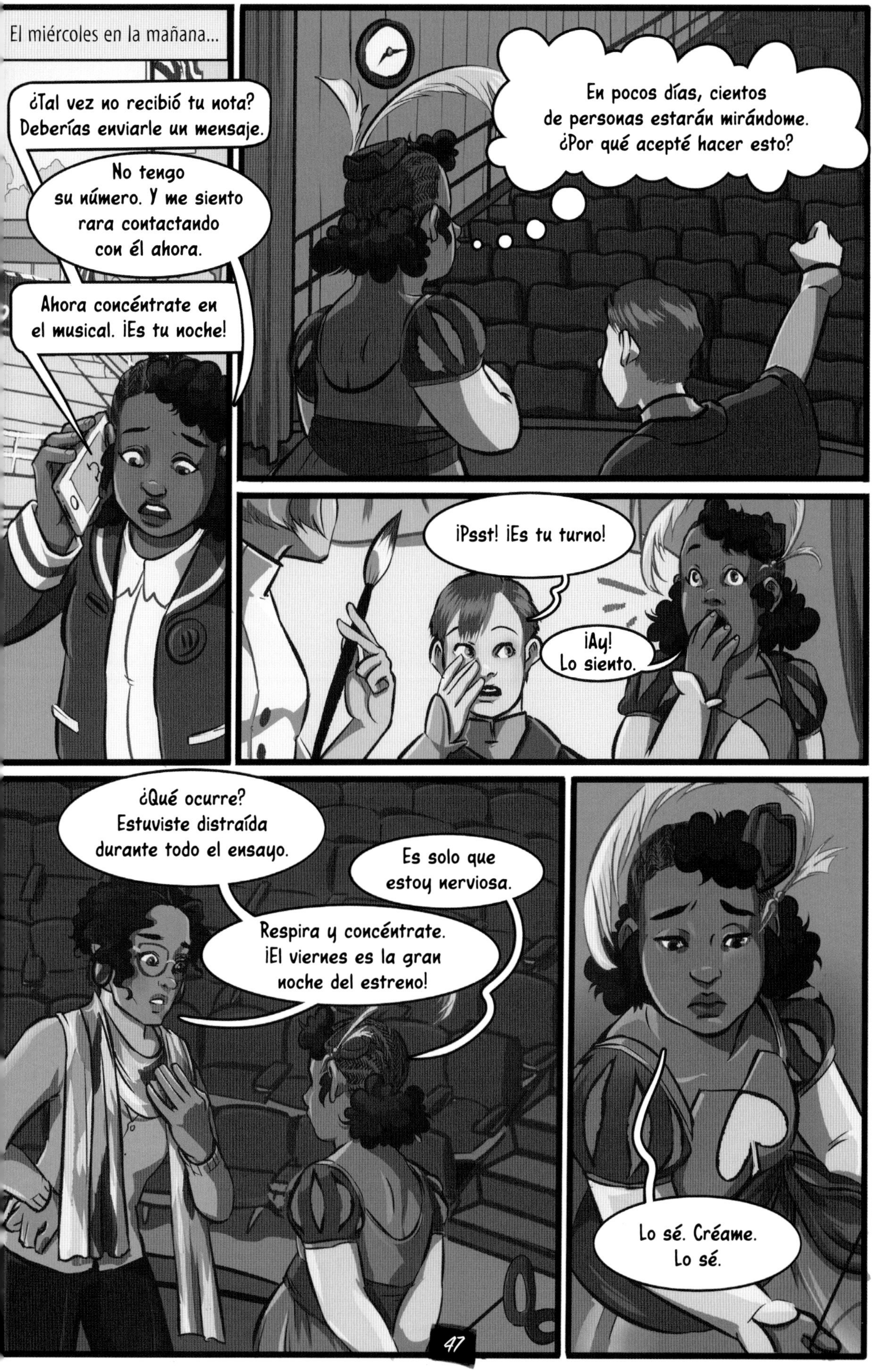
El miércoles en la mañana...
¿Tal vez no recibió tu nota? Deberías enviarle un mensaje.
No tengo su número. Y me siento rara contactando con él ahora.
Ahora concéntrate en el musical. ¡Es tu noche!
En pocos días, cientos de personas estarán mirándome. ¿Por qué acepté hacer esto?
¡Psst! ¡Es tu turno!
¡Ay! Lo siento.
¿Qué ocurre? Estuviste distraída durante todo el ensayo.
Es solo que estoy nerviosa.
Respira y concéntrate. ¡El viernes es la gran noche del estreno!
Lo sé. Créame. Lo sé.

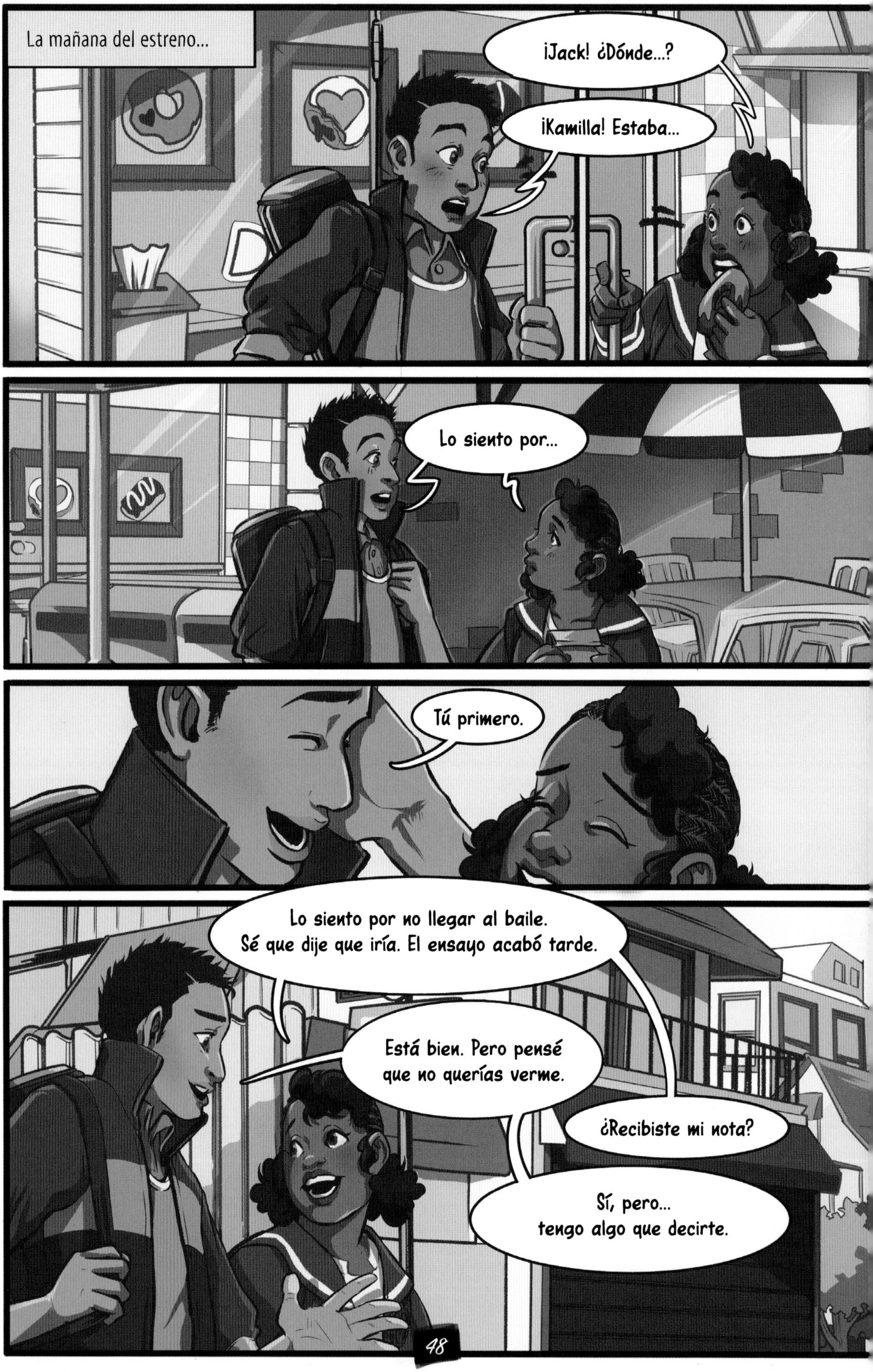
La mañana del estreno...
¡Jack! ¿Dónde...?
¡Kamilla! Estaba...
Lo siento por...
Tú primero.
Lo siento por no llegar al baile.
Sé que dije que iría. El ensayo acabó tarde.
Está bien. Pero pensé
que no querías verme.
¿Recibiste mi nota?
Sí, pero...
tengo algo que decirte.

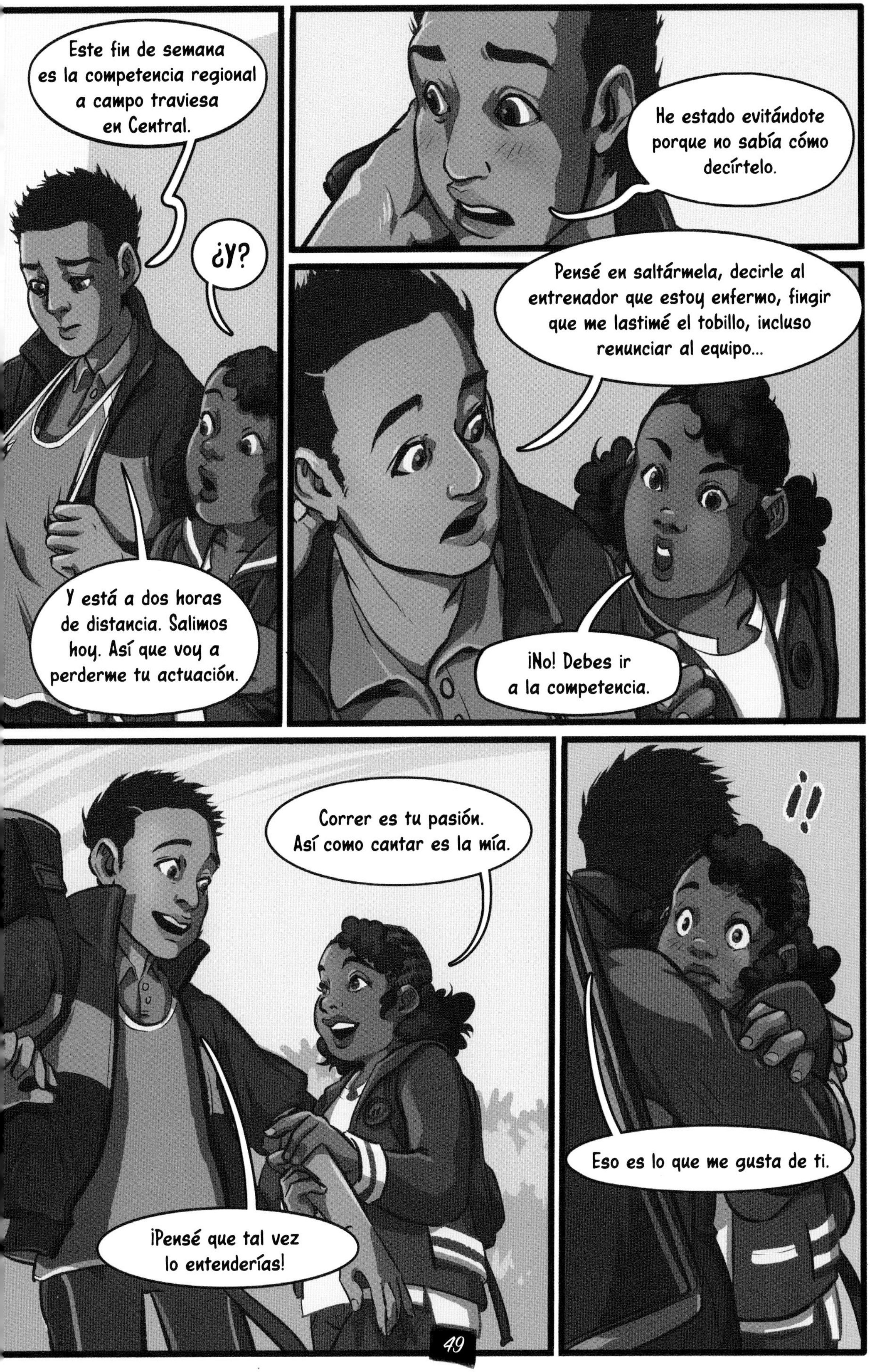
Este fin de semana es la competencia regional a campo traviesa en Central.
¿Y?
Y está a dos horas de distancia. Salimos hoy. Así que voy a perderme tu actuación.
He estado evitándote porque no sabía cómo decírtelo.
Pensé en saltármela, decirle al entrenador que estoy enfermo, fingir que me lastimé el tobillo, incluso renunciar al equipo...
¡No! Debes ir a la competencia.
Correr es tu pasión. Así como cantar es la mía.
¡Pensé que tal vez lo entenderías!
¡!
Eso es lo que me gusta de ti.

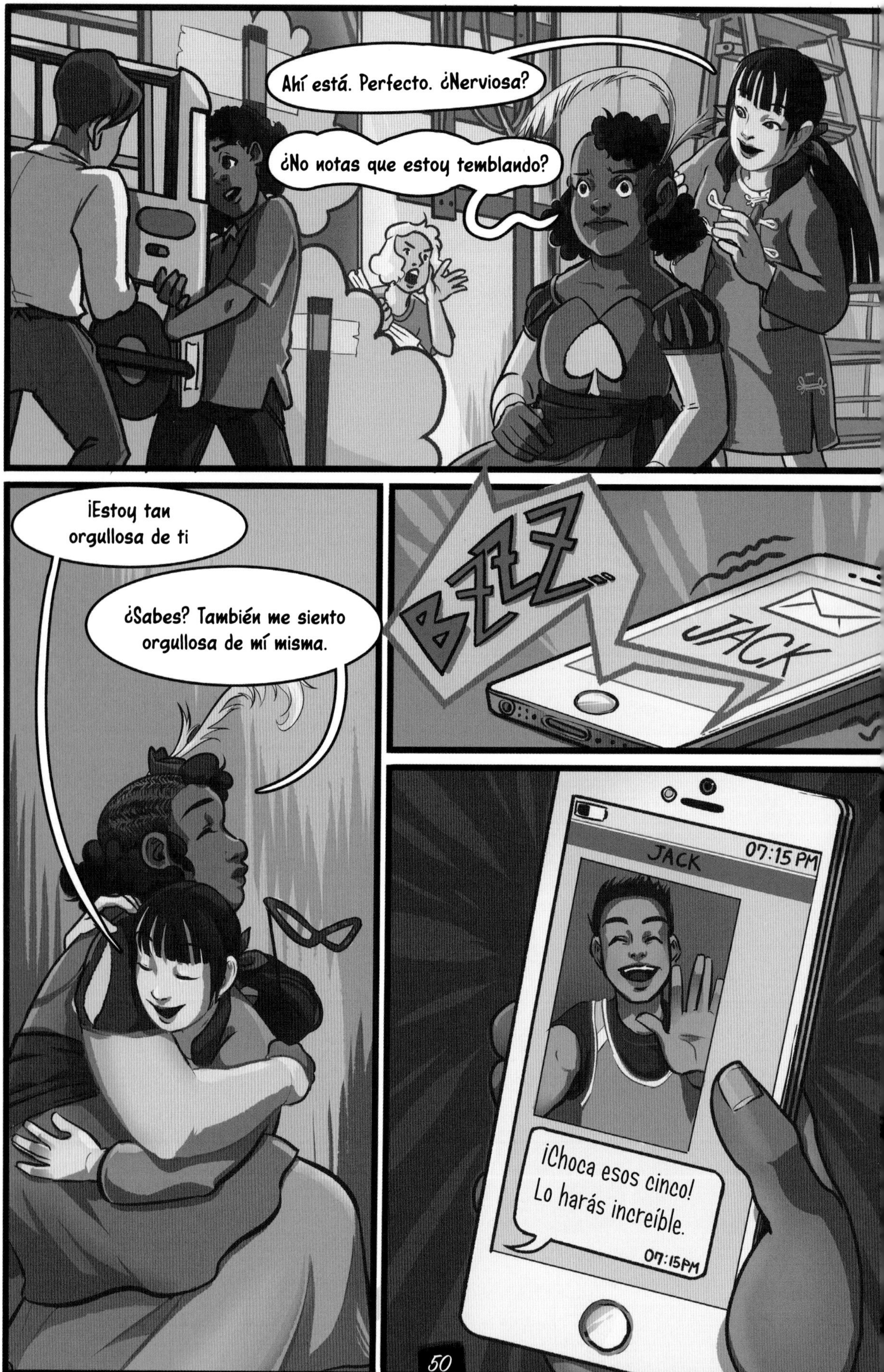
Ahí está. Perfecto. ¿Nerviosa?
¿No notas que estoy temblando?
¡Estoy tan orgullosa de ti
¿Sabes? También me siento orgullosa de mí misma.
BZZZ...
JACK
JACK
07:15 PM
¡Choca esos cinco! Lo harás increíble.
07:15PM

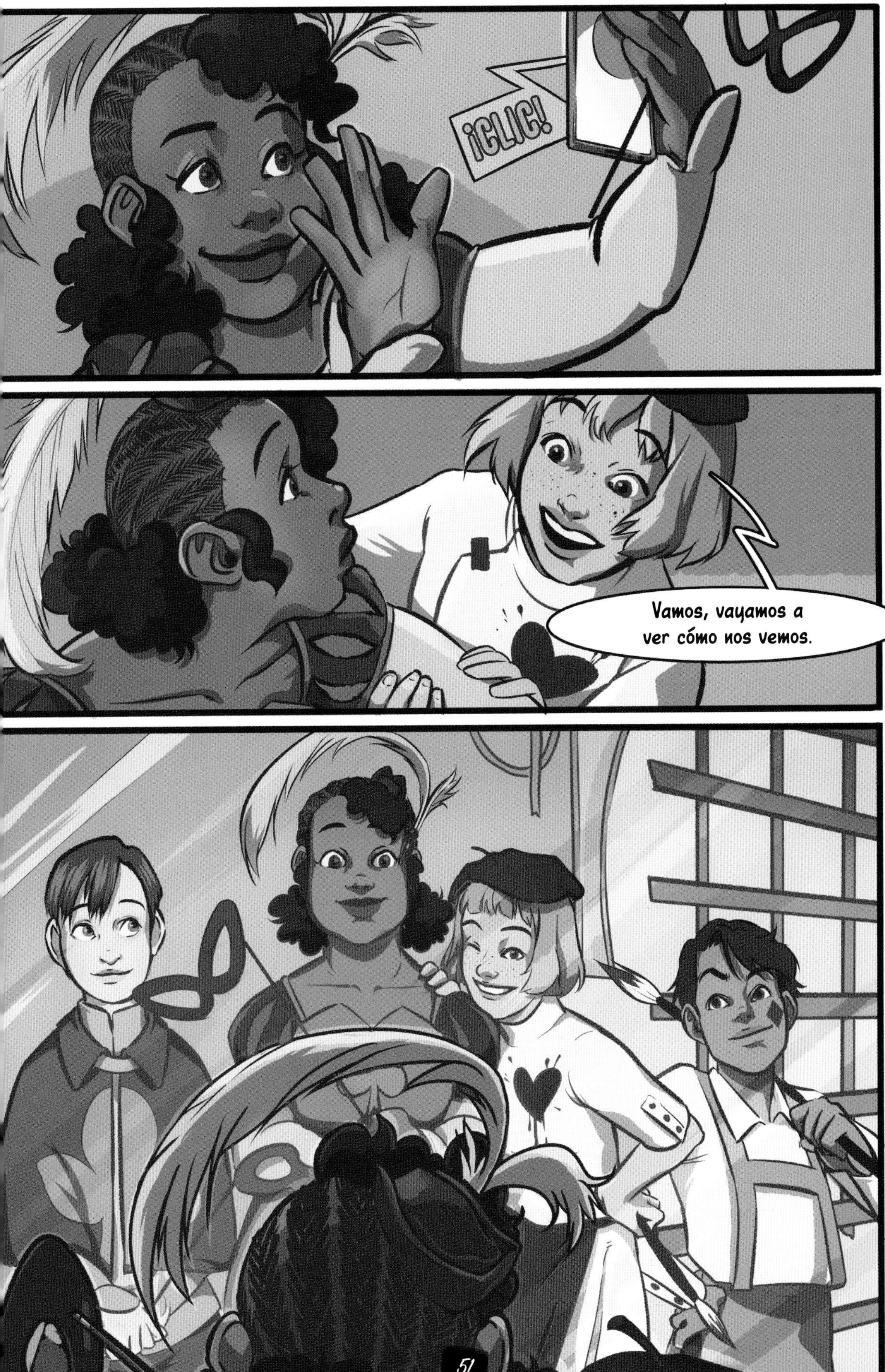
¡CLIC!
Vamos, vayamos a ver cómo nos vemos.

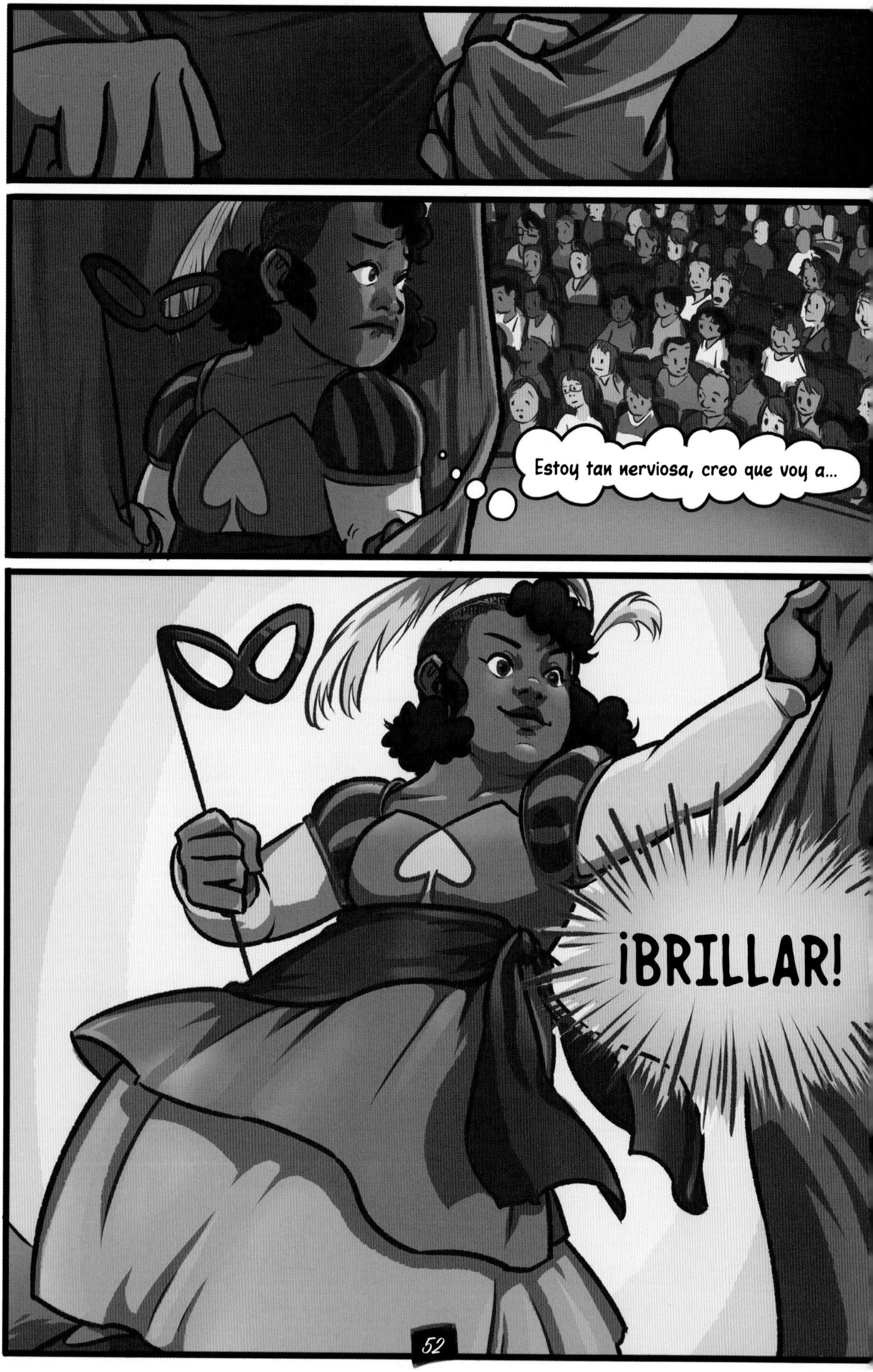

Estoy tan nerviosa, creo que voy a...
¡BRILLAR!

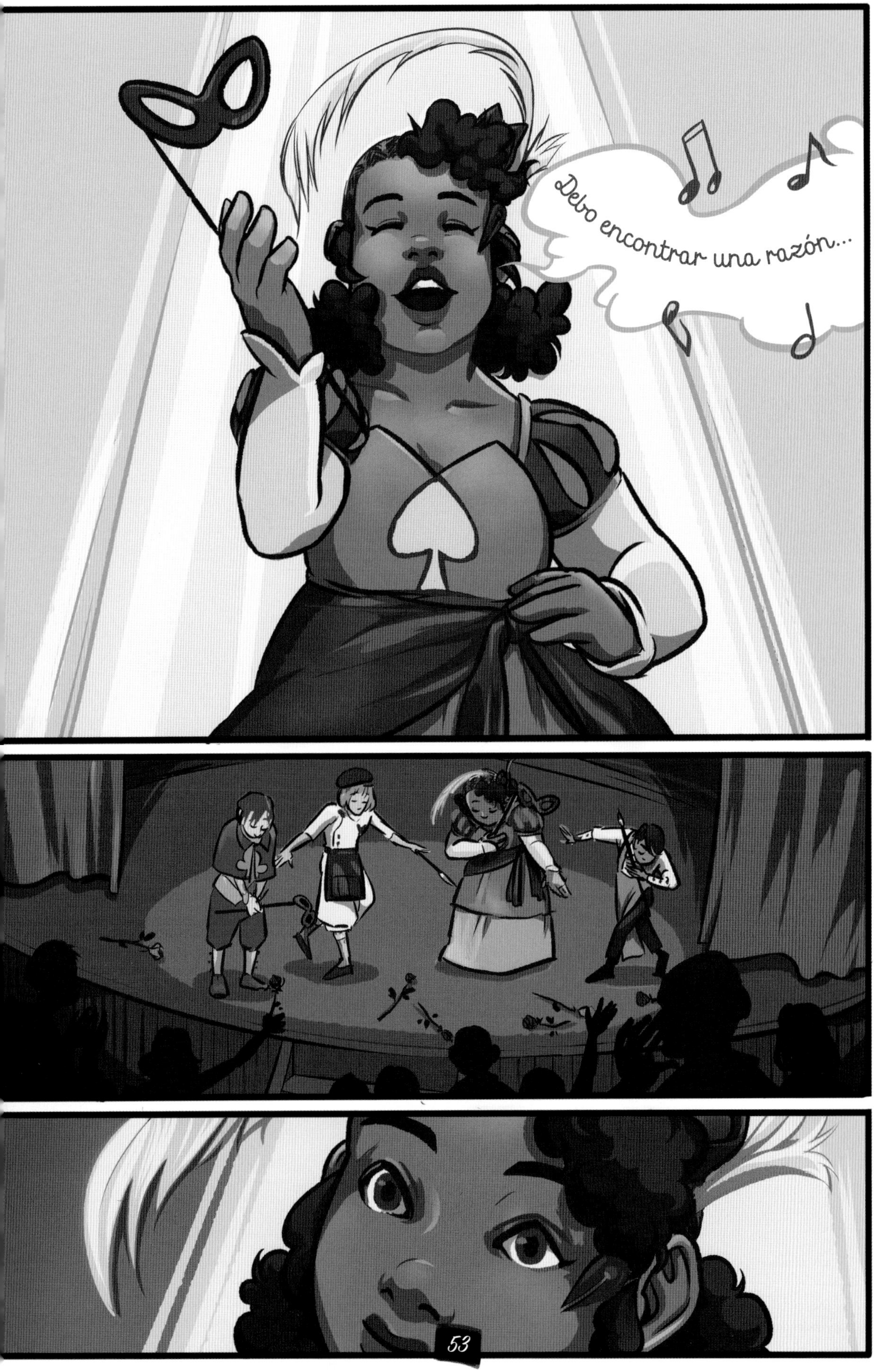
Debo encontrar una razón...

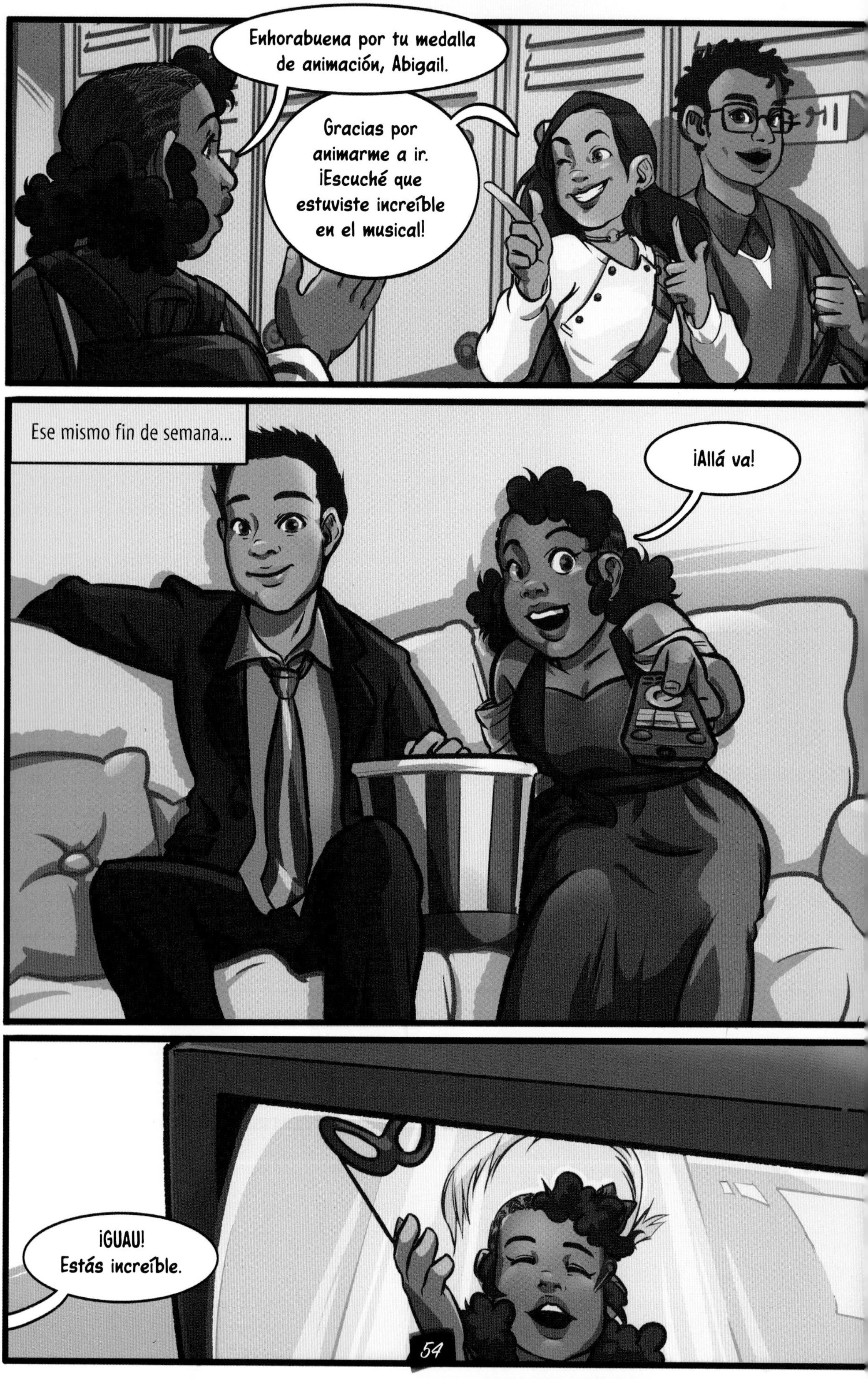
Enhorabuena por tu medalla de animación, Abigail.
Gracias por animarme a ir. ¡Escuché que estuviste increíble en el musical!
Ese mismo fin de semana...
¡Allá va!
¡GUAU! Estás increíble.

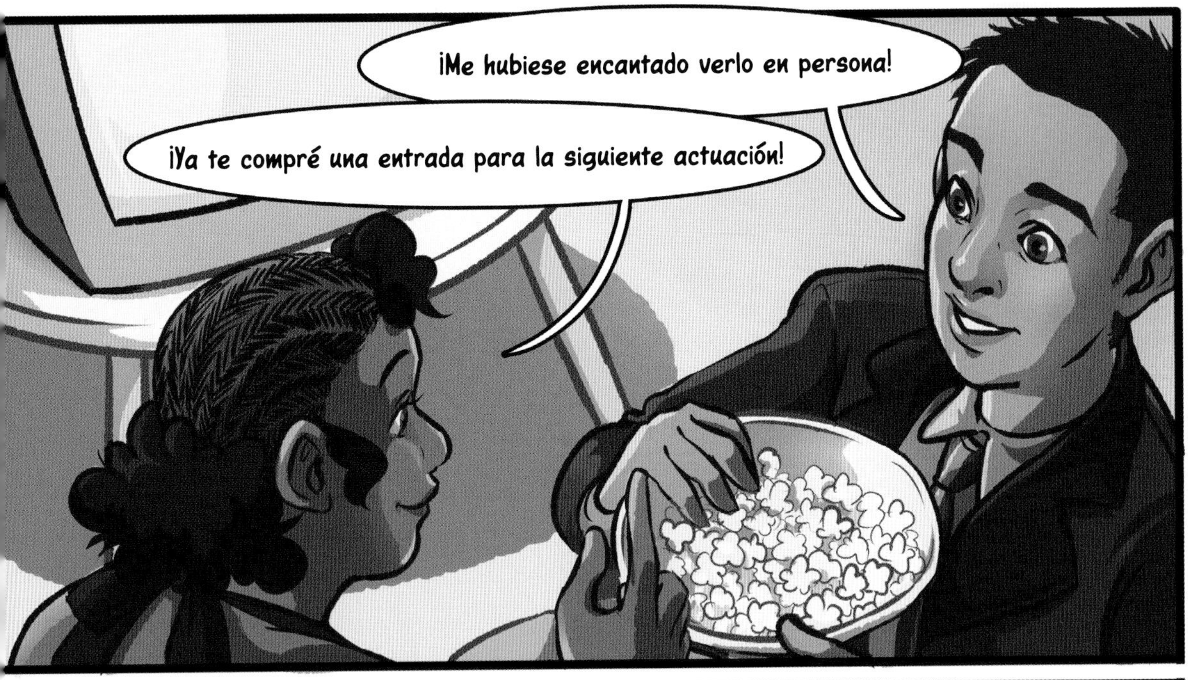
¡Me hubiese encantado verlo en persona!
¡Ya te compré una entrada para la siguiente actuación!

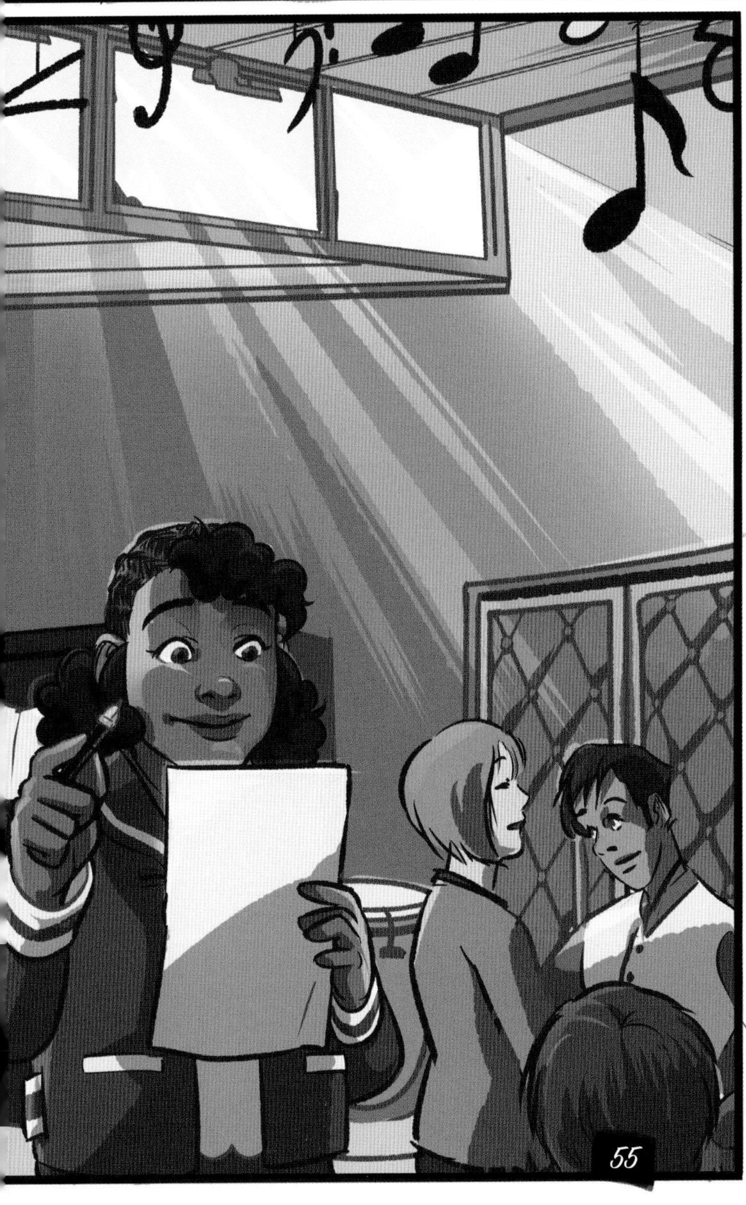

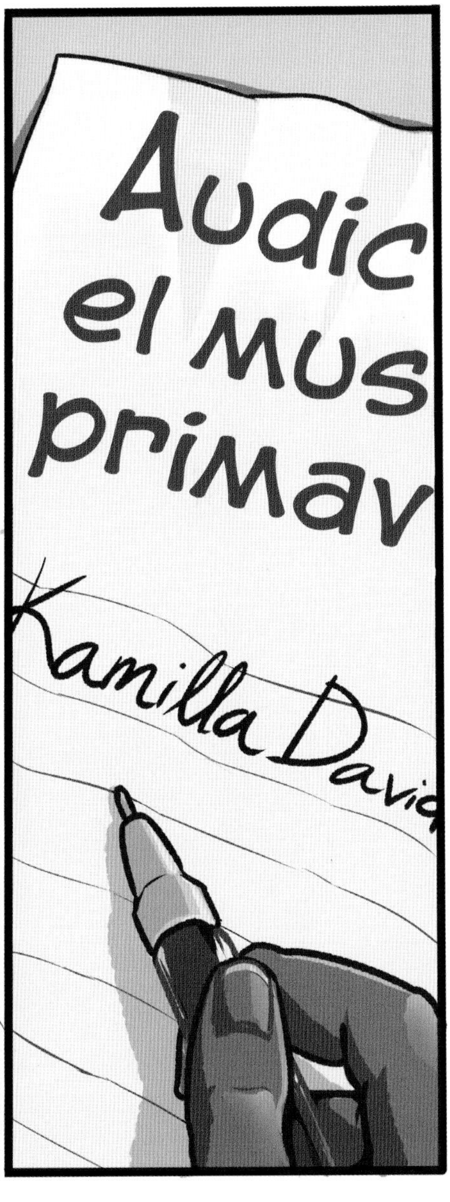
Audic
el MUS
primav
Kamilla Davi

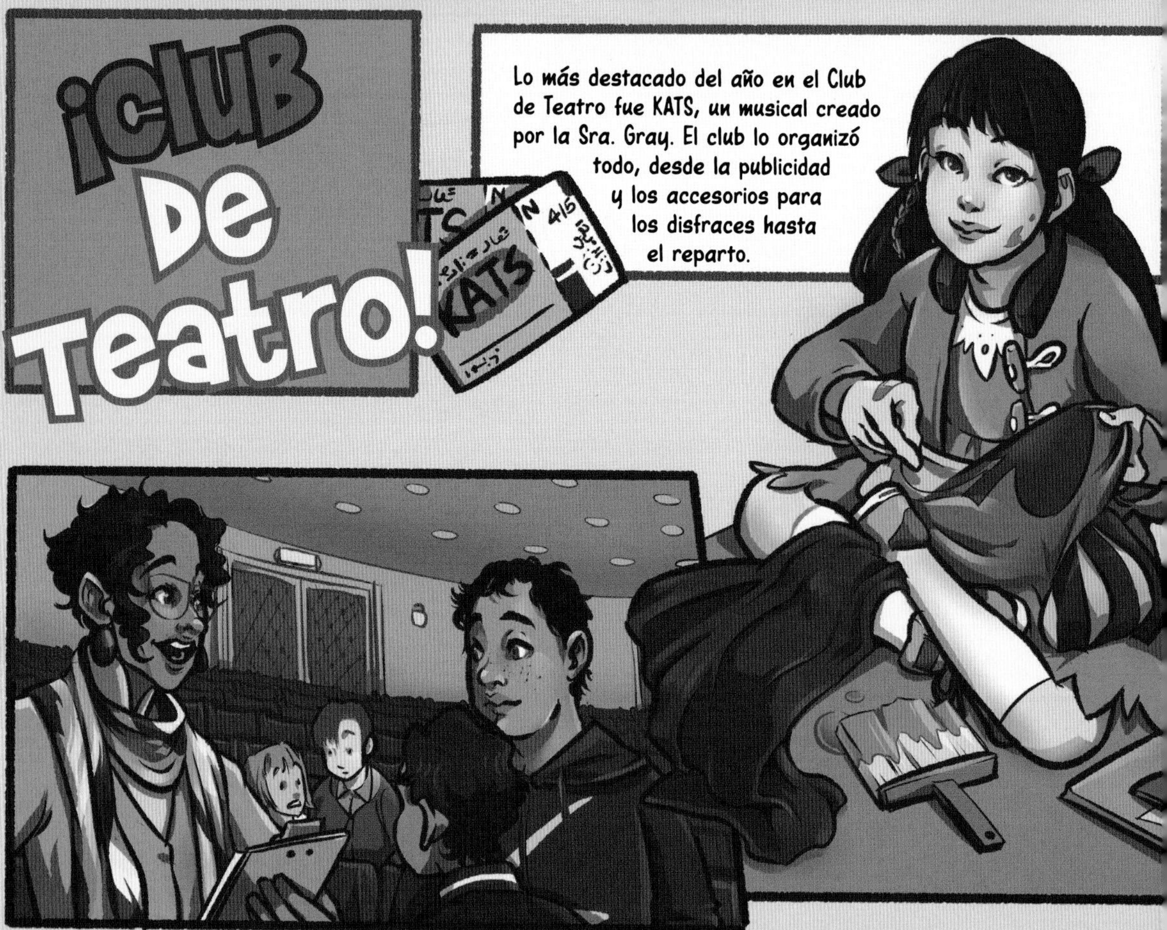
¡Club De Teatro!
KATS
N 415
Lo más destacado del año en el Club de Teatro fue KATS, un musical creado por la Sra. Gray. El club lo organizó todo, desde la publicidad y los accesorios para los disfraces hasta el reparto.

La profesora del coro, la Sra. Gray (a la izquierda) dirige a los miembros del coro.

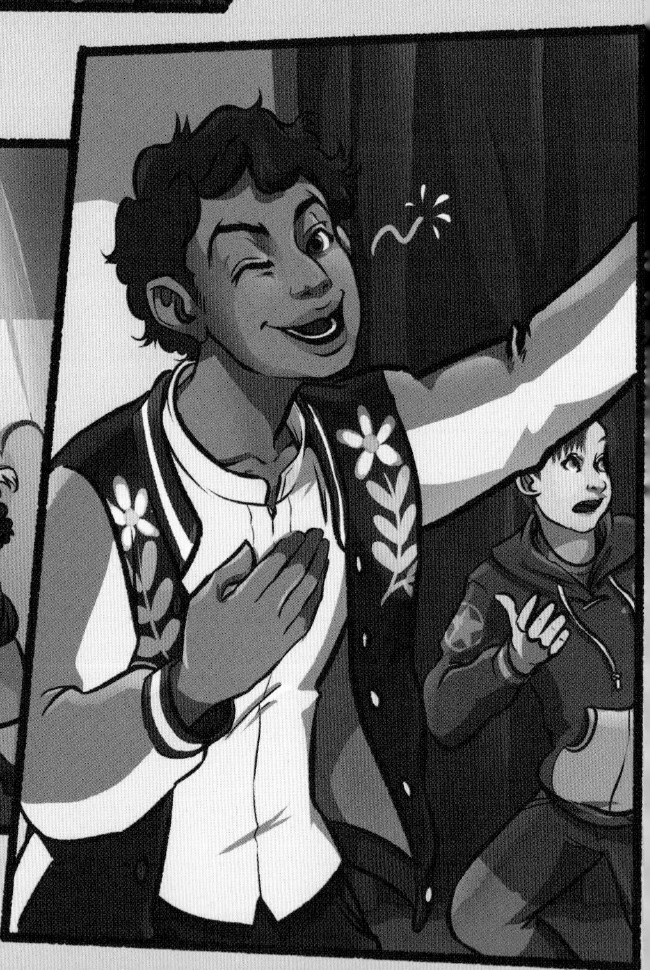

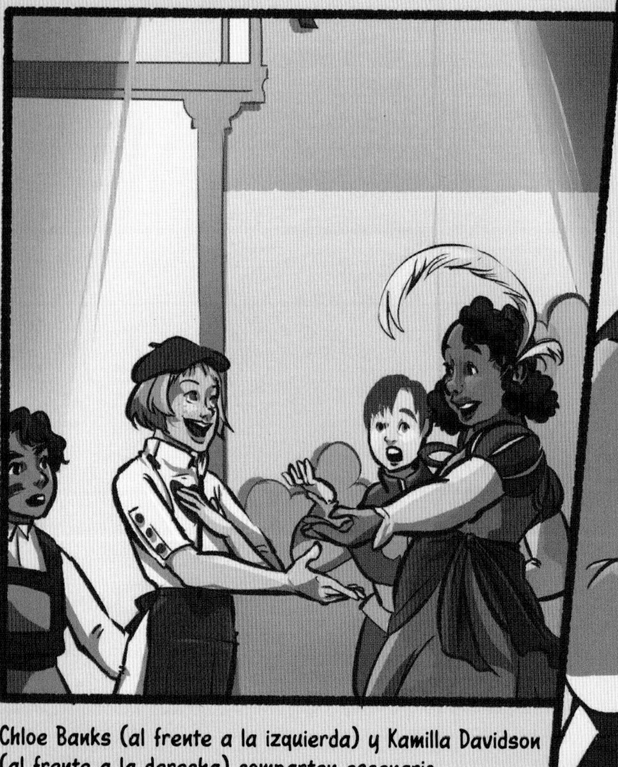

Chloe Banks (al frente a la izquierda) y Kamilla Davidson (al frente a la derecha) comparten escenario.

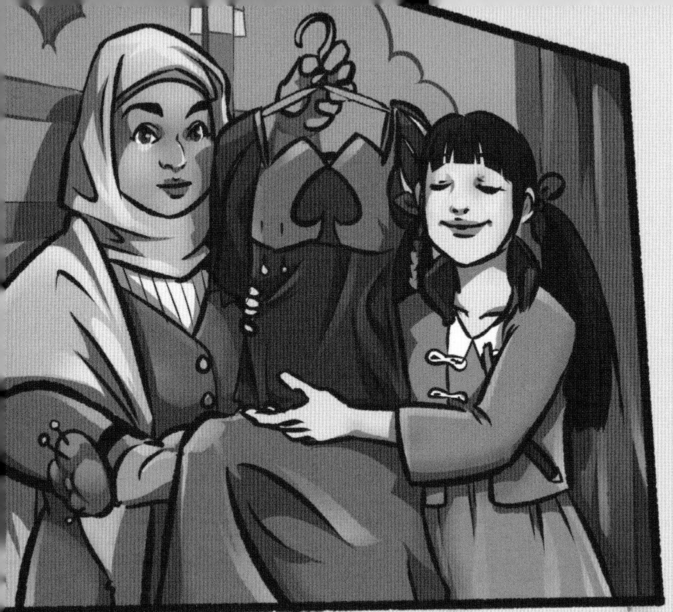

(Abajo, de derecha a izquierda), Falia Darb y Jasmine Yu preparan disfraces la noche del estreno del espectáculo. (Derecha, de arriba abajo) Tom Rawson, Franny Luca y Samir Patel trabajan en el decorado.

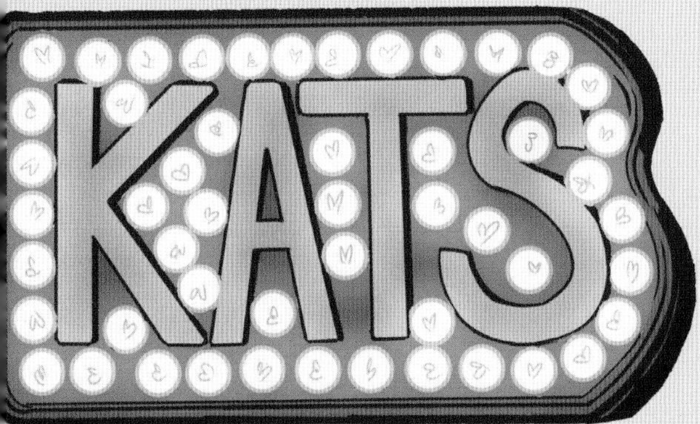
KATS

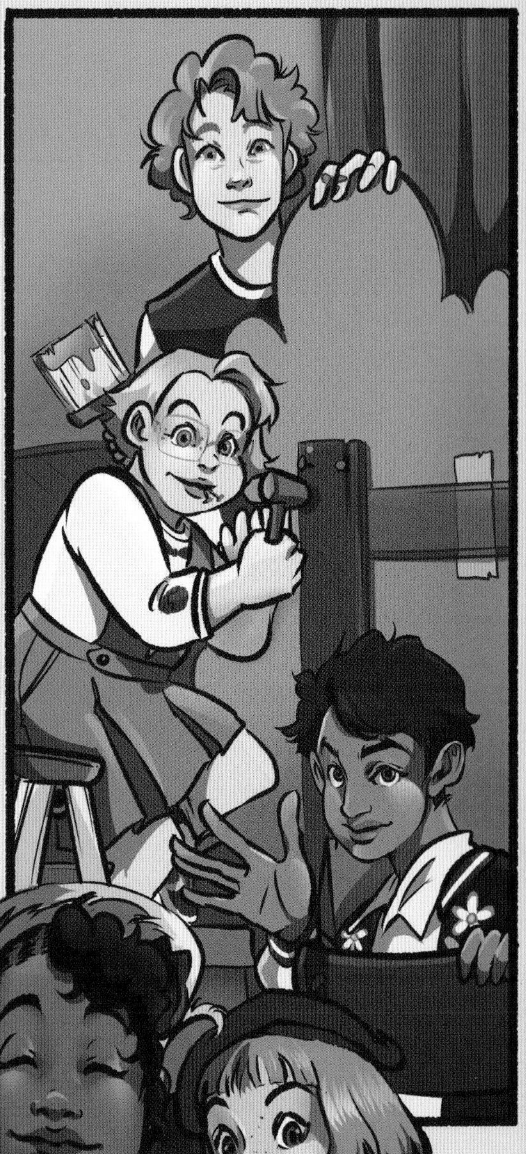

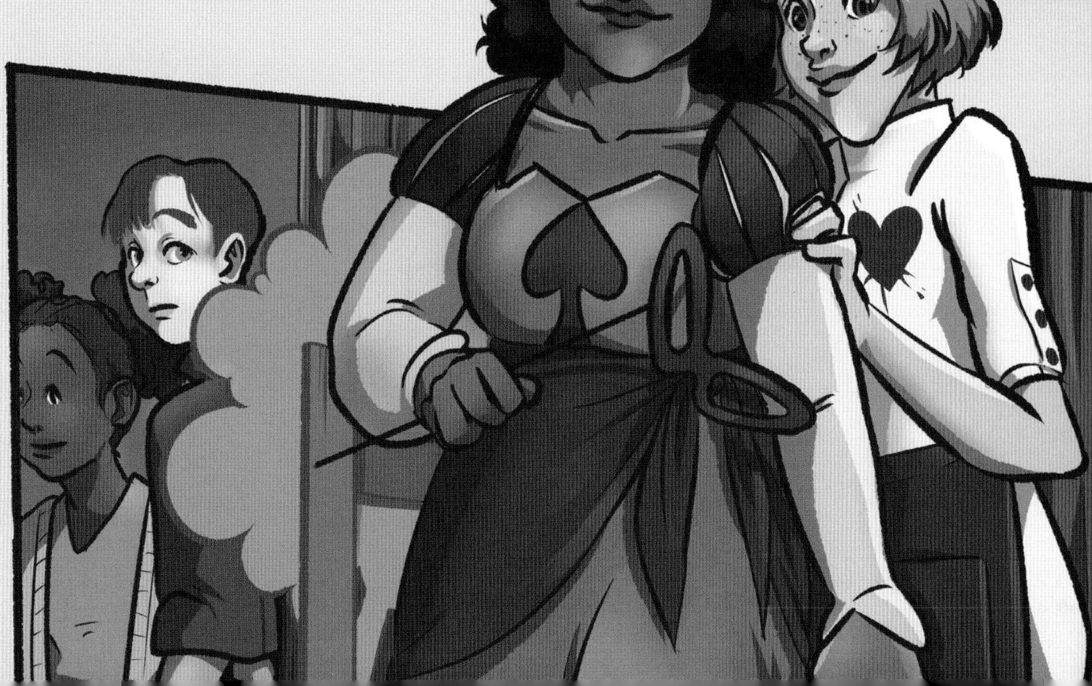

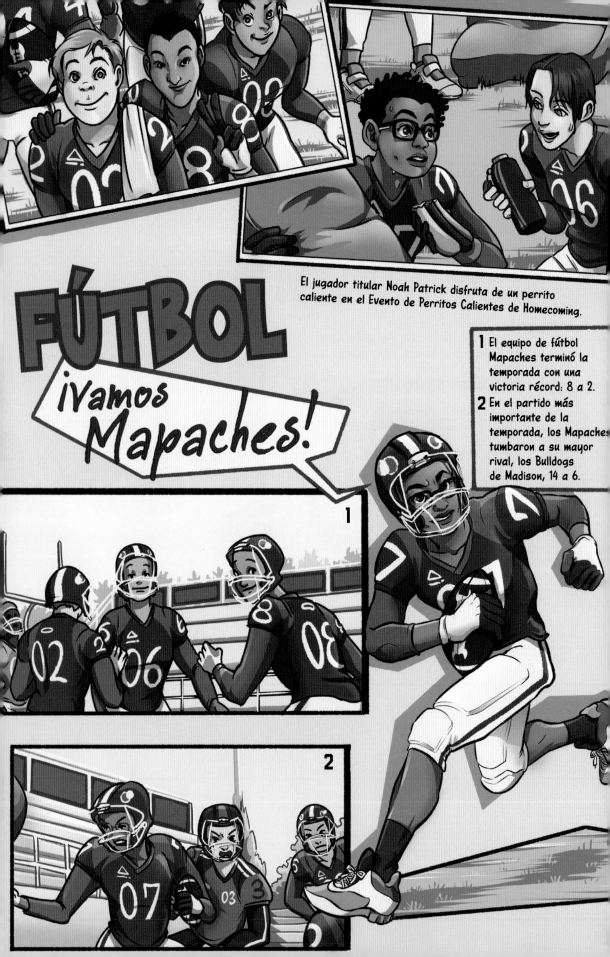

El jugador titular Noah Patrick disfruta de un perrito caliente en el Evento de Perritos Calientes de Homecoming.

FÚTBOL
¡Vamos Mapaches!

1. El equipo de fútbol Mapaches terminó la temporada con una victoria récord: 8 a 2.
2. En el partido más importante de la temporada, los Mapaches tumbaron a su mayor rival, los Bulldogs de Madison, 14 a 6.

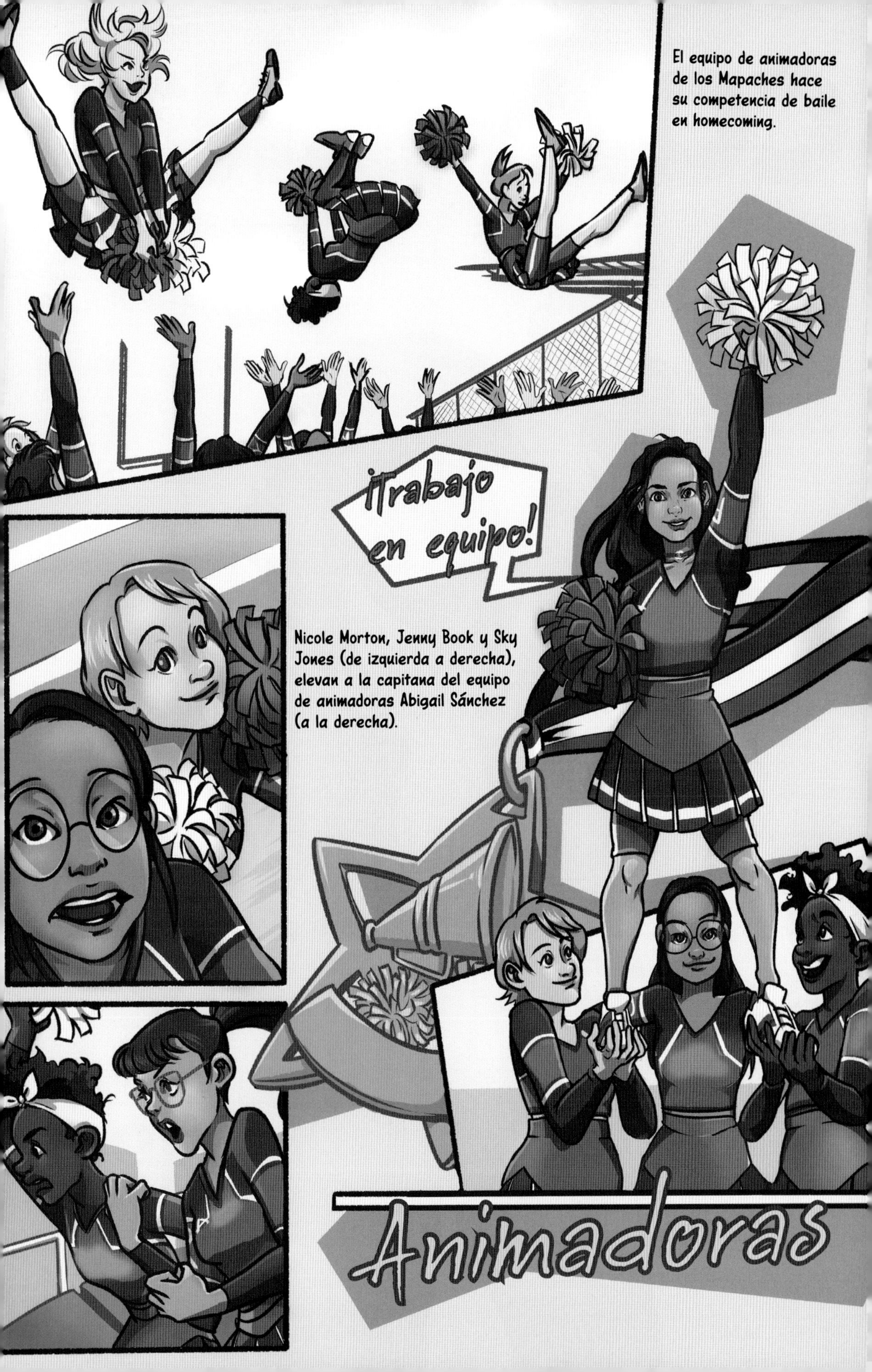
El equipo de animadoras de los Mapaches hace su competencia de baile en homecoming.
¡Trabajo en equipo!
Nicole Morton, Jenny Book y Sky Jones (de izquierda a derecha), elevan a la capitana del equipo de animadoras Abigail Sánchez (a la derecha).
Animadoras

No hay tal cosa como un cuerpo equivocado. –GLENN MARLA

CONFIANZA

LAS CHICAS COMIENZAN A PREOCUPARSE POR SU CUERPO Y SU PESO A LOS SEIS AÑOS.

El 77% de las chicas dicen que quieren verse lo mejor posible, en lugar de seguir lo que otra persona considera como "BELLEZA"

DE LAS CHICAS QUE LEEN REVISTAS, EL **47%** DICEN QUE LAS IMÁGENES LES HACEN QUERER BAJAR DE PESO. EL **69%** DICEN QUE LAS IMÁGENES INFLUENCIAN LO QUE ELLAS CONSIDERAN UN CUERPO IDEAL.

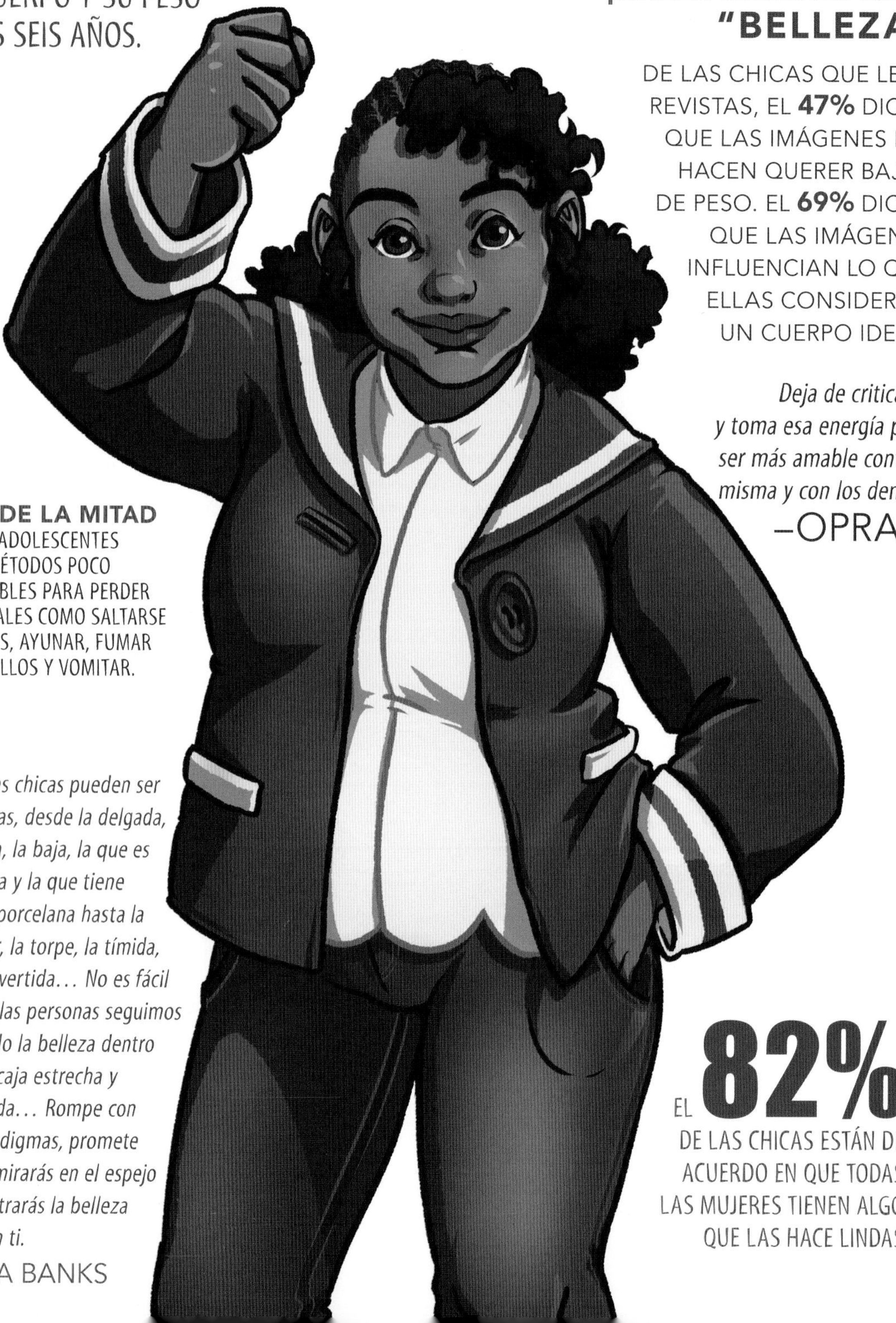

Deja de criticarte y toma esa energía para ser más amable contigo misma y con los demás.
–OPRAH

MÁS DE LA MITAD DE LAS ADOLESCENTES USAN MÉTODOS POCO SALUDABLES PARA PERDER PESO, TALES COMO SALTARSE COMIDAS, AYUNAR, FUMAR CIGARRILLOS Y VOMITAR.

Todas las chicas pueden ser hermosas, desde la delgada, la gorda, la baja, la que es muy alta y la que tiene piel de porcelana hasta la peculiar, la torpe, la tímida, la extrovertida… No es fácil porque las personas seguimos poniendo la belleza dentro de una caja estrecha y confinada… Rompe con los paradigmas, promete que te mirarás en el espejo y encontrarás la belleza única en ti.
–TYRA BANKS

EL **82%** DE LAS CHICAS ESTÁN DE ACUERDO EN QUE TODAS LAS MUJERES TIENEN ALGO QUE LAS HACE LINDAS

LAS ENTREVISTAS DE KAMILLA
⟩⟩⟩⟩⟩⟩ DRA. CHUA ⟨⟨⟨⟨⟨⟨

KAMILLA: ¡Hola, Dra. Chua! Muchas gracias por dejar que la entreviste para mi proyecto escolar.

DRA. CHUA: Es un placer, Kamilla. Estoy más que feliz de ayudar. Es importante para mí que las personas, especialmente los jóvenes, estén bien informadas para tener una imagen corporal positiva.

K: Ahí es donde me gustaría empezar. ¿Cuál es la diferencia entre la autoestima y la imagen corporal? Son bastante similares, en mi opinión.

DRA.: ¡Tienes toda la razón! Los dos conceptos son muy similares. Imagina que la autoestima es un pastel. El pastel representa todo lo que valoras y lo que no valoras de ti misma. La imagen corporal es solo un pedazo de ese pastel. Tener una imagen corporal positiva o negativa puede influir en tu autoestima.

K: Es interesante que haya elegido el pastel como ejemplo. Leí en internet que si como tarta de manzana durante una semana, ¡perderé cinco kilos!

DRA. C: Eso suena como una dieta de moda, Kamilla. Las dietas de moda son muy peligrosas, y rara vez funcionan. Te prometen que vas a perder mucho peso en poco tiempo, aunque generalmente es muy poco saludable perder más de una o dos libras por semana. Además, las dietas de moda eliminan los grandes grupos de alimentos que necesitas para tener una alimentación equilibrada. Si solo comes tarta, estarías tan baja en vitamina B-12 que tus músculos se debilitarían mucho.

K: Está bien, nada de dietas de pastel. ¿Qué recomienda, entonces?

DRA. C: Primero, te recomiendo que cambies tu motivación. En lugar de pensar: "Quiero perder peso", prueba con "Quiero ser más saludable". Segundo, enfócate en tener una dieta nutritiva y equilibrada. Tercero, haz ejercicio. Estas cosas te ayudarán a crear hábitos saludables para toda la vida.

K: Pero, ¿cuánto ejercicio necesitamos hacer los jóvenes?

DRA. C: Bueno, los niños y los adolescentes deben hacer actividades aeróbicas, como caminar o trotar, durante sesenta minutos cada día. También deben hacer ejercicios para fortalecer los músculos y los huesos al menos tres veces por semana. Las flexiones de brazos podrían contar como músculo y saltar a la cuerda es un buen ejercicio para fortalecer los huesos.

K: ¿Y eso ayuda a las personas a perder peso?

DRA.: El peso no es importante, Kamilla. Pesar menos no significa necesariamente que estés más saludable. Del mismo modo que pesar menos no significa que tengas una imagen corporal más saludable. La imagen corporal positiva comienza con una imagen corporal saludable. Lo más importante que puedes hacer es desarrollar una relación sana con tu cuerpo, sin importar la forma que tenga.

K: ¡Ese es un gran consejo, Dra. C! ¡Gracias de nuevo!

GLOSARIO

AUDICIÓN—breve actuación de un actor, cantante, músico o bailarín para ver si es apto para representar un rol en una obra de teatro, concierto, etc.

FLUCTUACIONES—subidas y bajadas en un número o cantidad

GURÚ—persona que tiene conocimiento y experiencia

SABOTEAR—dañar o herir algo o a alguien a propósito

SUPLENTE—persona nombrada para tomar el lugar de otra cuando sea necesario

¿QUÉ PIENSAS?

1. ¿Cómo cambia el lenguaje corporal de Kamilla desde el comienzo de la historia hasta el final?

2. Según las expresiones faciales de Tyler en la página 20, ¿qué piensa de la voz de Kamilla?

3. Vuelve a leer las páginas 30 a la 32. ¿Qué le pasó a Abigail en la competencia de animación estatal? Escribe una historia sobre su experiencia ahí.

4. A lo largo del libro, ¿alguien más aparte de Kamilla dijo algo negativo sobre el cuerpo de Kamilla, o estaba todo en su cabeza? Nombra tres cosas que Kamilla podría hacer para ser más positiva.

5. Imagina que la escuela de Kamilla está organizando otro musical. Describe cómo se comportará Kamilla esta vez.

¡DESAFÍO!

¡Di algo amable! Elogia a una persona sobre algo que hizo hoy. ¡Un gesto tan pequeño como una sonrisa puede cambiar el día de alguien!

JESSICA GUNDERSON

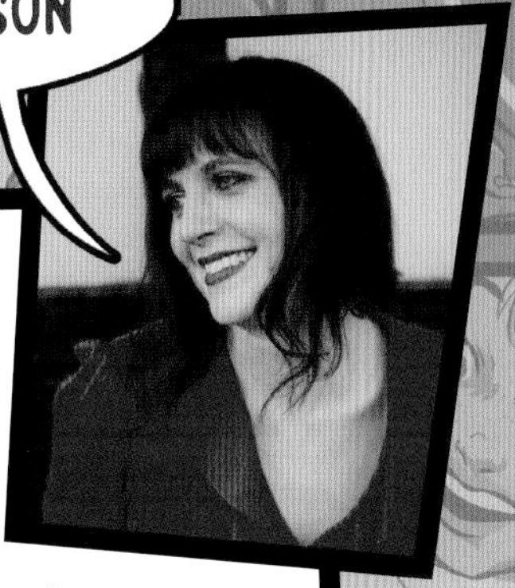

Jessica Gunderson creció en el pequeño pueblo de Washburn, en Dakota del Norte. Se licenció en la Universidad de Dakota del Norte e hizo una maestría en escritura creativa en la Universidad Estatal de Minnesota, Mankato. Ha escrito más de cincuenta libros para jóvenes lectores. Su libro Ropes of Revolution ganó el premio Moonbeam a la mejor novela gráfica en el año 2008. Actualmente vive en Madison, Wisconsin, con su marido y su gato.

SUMIN CHO

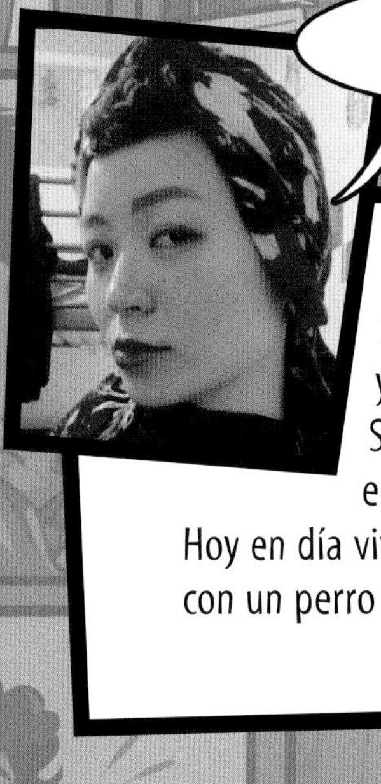

Sumin Cho pasó su infancia en Corea del Sur y Nueva Zelanda. Se graduó en la Universidad Sangmyung y se licenció en dibujo animado en la Escuela de Bellas Artes de Nueva York. Hoy en día vive con dos compañeros caricaturistas junto con un perro y un gato llamados Puff y Melon.

¿QUIERES MÁS DRAMA?

Lilly quiere salir con las chicas populares, así que se emociona cuando recibe una invitación a una fiesta de cumpleaños de la abeja reina, Tania. Lo que Lilly no sabe es que Tania planea usar a Lilly para llegar a su apuesto hermano mayor, Hank. Cuando el plan de Tania fracasa, culpa a Lilly y convierte su vida en una auténtica pesadilla. ¿Sobrevivirá Lilly a las reinas de la escuela secundaria?

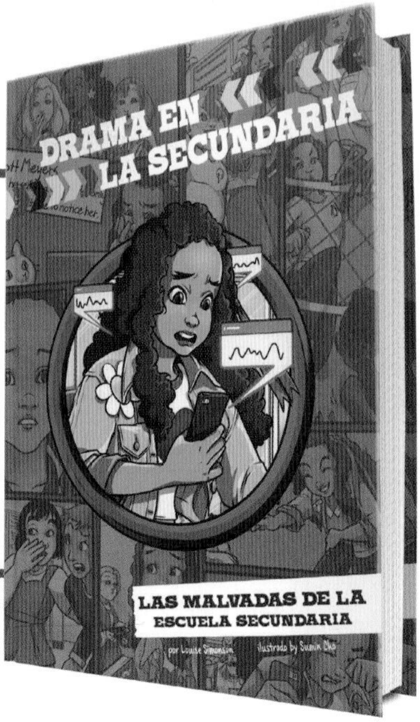
DRAMA EN LA SECUNDARIA
LAS MALVADAS DE LA ESCUELA SECUNDARIA

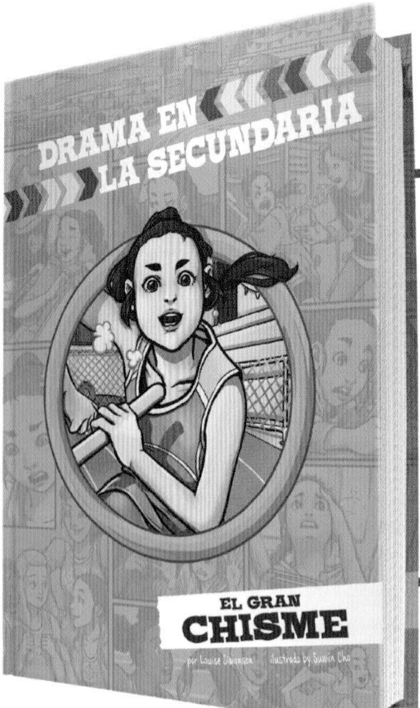
DRAMA EN LA SECUNDARIA
EL GRAN CHISME

El mundo de Allie se pone patas arriba cuando le diagnostican diabetes. Sus sobreprotectores padres la vuelven loca, y está desesperada por ocultar a sus amigos la diabetes. Pero sus métodos secretos son muy sospechosos y los rumores comienzan a esparcirse. ¿Se arruinará la reputación de Allie para siempre?

Los alumnos de octavo grado de la Escuela Secundaria Memorial están obsesionados con su primera fiesta de chicos y chicas. Lucía está cansada de oír hablar sobre cómo vestirse y quién va a ir con quién. Si su mejor amiga no le hubiera insistido tanto, ni siquiera habría ido a la fiesta. Pero después de conocer a Adesh, Lucía comienza a pensar que tal vez la fiesta no sea tan mala idea... hasta que se da cuenta de que él está interesado en otra chica.

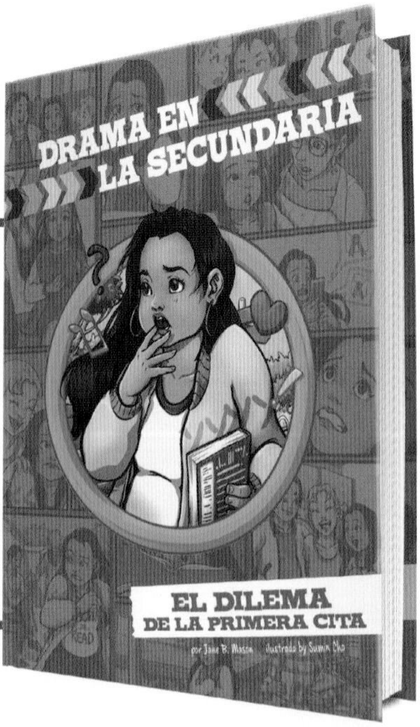
DRAMA EN LA SECUNDARIA
EL DILEMA DE LA PRIMERA CITA